ARGENT VOLÉ

ROMAN PAR

ACHILLE SEGARD

DESSINS DE POUHIN

E. BERNARD

ÉDITEUR

PARIS

L'Argent Volé

COURBEVOIE

IMPRIMERIE E. BERNARD
14, RUE DE LA STATION, 14
BUREAUX A PARIS : 29, QUAI DES GRANDS-AUGUSTINS

Petite Collection E. BERNARD

L'Argent Volé

PAR

A. SEGARD

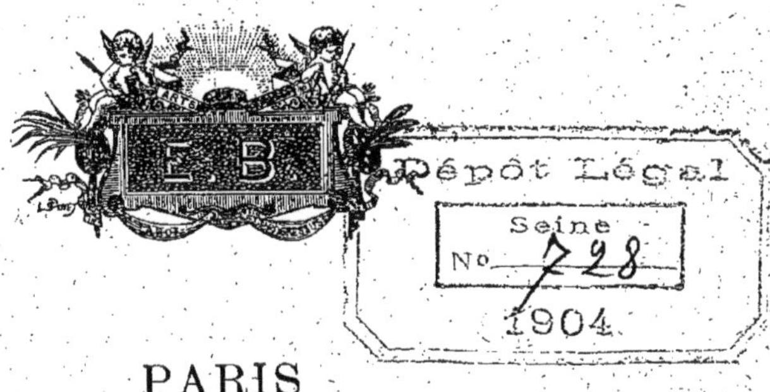

PARIS

E. BERNARD, IMPRIMEUR-ÉDITEUR

29, Quai des Grands-Augustins, 29

L'Argent volé

~~~~~~

— Tue-le, glapissait une voix de femme qui se tenait prudemment dans l'ombre du cabaret.

Celui à qui elle s'adressait était une sorte de monstre dont on ne voyait que la barbe sale, la casquette, et un grand tablier de coutil bleu maculé de mille taches. Il gesticulait en proférant les plus basses injures contre un autre individu qui ricanait, attablé dans l'angle opposé avec une femme encore jeune.

Celle-ci aurait pu passer pour jolie. Elle portait en guise de chapeau au-dessus du casque noir de ses cheveux, un énorme peigne à boules dorées. Ce seul accessoire de toilette eût suffi à la faire classer dans la catégorie de femmes dont elle était si un tablier rouge à pochettes et l'allure générale de sa personne n'avaient été des plus caractéristiques. Ils causaient entre eux, très pâles, en riant nerveusement et en affectant de ne pas entendre les menaces et les injures.

Une dizaine de consommateurs s'intéressaient à la
~~~~~~

querelle mais sans prendre parti pour l'un ou pour l'autre. Le patron de l'établissement répétait de temps en temps d'une voix placide :

— Si vous voulez régler vous n'avez qu'à sortir...

Les personnes présentes hochaient la tête d'un signe approbatif ; mais le petit jeune homme pâle disait en serrant les dents :

— Moi je n'ai rien à régler. J'ai défendu à ta femme de travailler sur le trottoir de la rue Chantebise, si elle y retourne je la grincherai. Voilà.

— Oui, s'écria la fille au peigne doré en se levant et en s'adressant à la femme qui glapissait dans l'ombre : il y a plus de six mois que c'est ma place tous les soirs, manquerait que ça que tu y viennes !...

— Tue-le ! répétait la voix à demi-invisible. Tue-le si tu as un peu de cœur !

Alors, comme exaspéré par une dernière lampée d'alcool, l'homme au vêtement de coutil saisit un litre sur la table et le lança avec une violence effroyable dans la direction de ses adversaires. La bouteille mal dirigée alla se briser en mille pièces contre le mur du cabaret, éclaboussant toute la pièce de ses éclats pulvérisés.

— Nom de Dieu ! rugit le jeune homme, et il s'élança.

Un couteau brillait dans sa main. Mais le patron et les assistants s'interposèrent d'un élan unanime.

Il fallait être une brute pour commencer la bataille dans un cabaret. Quand deux hommes avaient une affaire à vider est-ce qu'ils ne pouvaient pas arranger çà dans la rue sans détruire le mobilier d'un honnête commerçant ?

Et avec l'aide des autres consommateurs le père Casimir poussa successivement hors de son échoppe l'un et l'autre des adversaires que leurs femmes suivirent en s'injuriant.

Un certain nombre de personnes sortirent aussi pour voir la bataille. Il était six heures du soir, une pluie de novembre tombait obstinément. La rue était noire, sale, des rafales rabattaient la pluie. Les clients rentrèrent quelques minutes après. Et la bataille ne dut pas avoir lieu car l'un d'entre eux dit au patron qui était tranquillement retourné à son comptoir en retroussant ses manches de chemise sur ses bras rouges et velus :

— Ils ne se sont même pas fichus un coup de trique, çà sera à recommencer.

— Bah ! dit le père Casimir, ils seraient bien bêtes de se tuer pour des disputes de garces !

Tout rentra dans l'ordre. Le patron se versa à lui-même une rasade de rhum pour se remettre de son émotion et, en arrangeant ses cheveux plats collés sur le haut de sa grosse face rougeaude, il se sourit complaisamment dans la glace de son étagère.

Ce père Casimir était un brave homme. Son assommoir, il est vrai, était assez souvent fréquenté par des escarpes et des filles publiques mais il ne se réjouissait ni ne se plaignait de cette clientèle peu brillante. C'était un homme qui savait se faire une raison. Dans une rue étroite, tortueuse, mal pavée et mal éclairée — dans une maison à demi en ruines située dans le vieux Montmartre pouvait-il espérer recevoir des financiers? son commerce n'allait pas mal. Il se contentait de peu.

Une éclaircie, à ce moment, invita à sortir deux ou trois clients. Ceux qui restaient buvaient en silence. On entendit alors une petite voix étouffée qui racontait, monotone et sourde, une histoire interminable.

— Eh là-bas — la Polonaise — dit le patron avec un gros rire, qu'est-ce que tu inventes encore?

Mais la vieille femme dédaigna de répondre. Deux petites filles de douze ou treize ans, blotties contre elle, étaient comme suspendues à ses lèvres. Même la violente dispute des deux hommes n'avait pas dérangé ce trio immobile : les deux petites filles écoutant, les yeux fixés sur le visage de la vieille, et celle-ci continuant son monologue interminable en l'interrompant de temps en temps par une lampée de vin chaud qu'elle buvait à même dans un saladier encore fumant. Elle racontait pour la vingtième fois l'histoire d'une princesse de Bavière qui avait été abandonnée par son père parce que celui-ci soupçonnait la reine sa femme de lui avoir été infidèle.

Or, après mille aventures extraordinaires la petite princesse qui avait été élevée par une vieille servante fut reconnue par ses parents pour une fille légitime, elle récupéra tous ses honneurs et tous ses trésors, épousa un prince beau comme le jour et fut parfaitement heureuse malgré tous les méchants acharnés à sa perte.

Lorsque l'histoire fut finie l'une des deux enfants rompit le silence.

— Alors, dis, la Polonaise, je pourrais aussi être une princesse ?

— Oui, répondit la vieille femme, en considérant la fillette avec des yeux de visionnaire : tu es trop mignonne pour être la fille de n'importe qui. Tu sauras peut-être un jour le vrai nom de tes parents et tu deviendras peut-être une grande dame.

Les yeux de l'enfant à qui la vieille adressait ces paroles se mirent à briller comme deux escarboucles.

Elle pouvait avoir douze ans. Elle était nerveuse et fine. Une abondante chevelure noire lui retombait en cascade sur le cou. Son teint était mat, ses yeux noirs, ses lèvres rouges et un je ne sais quoi de gracieux et de distingué justifiait en effet les paroles de la vieille.

— Je te vois encore, ma petite, continua-t-elle, le jour où l'on t'a abandonnée ici. Comme il y a longtemps ! Il y aura bientôt douze ans ! il faisait un temps affreux. L'hiver était dur. La rue était presque impraticable à cause des montagnes de neige qui y étaient amoncelées. Et la nuit était d'autant plus triste que la neige, ouatant tous les bruits, on eût dit que tout était mort. Le cabaret était tel que tu le vois aujourd'hui. C'étaient les mêmes quinquets qui nous éclairaient. On n'y voyait pas plus clair qu'aujourd'hui. Et, je me souviens, nous n'étions pas plus d'une quinzaine de clients. Moi, je buvais mon vin chaud comme aujourd'hui (j'ai toujours eu la poitrine faible) et de temps en temps je regardais par dessus la porte les gros flocons blancs qui tombaient toujours. Nous avions à peine remarqué une femme qui était assise dans ce coin, là-bas, où se trouvent maintenant ces deux ouvriers.

Je me rappelle qu'elle était vêtue d'une grande mante noire comme les femmes en portent encore dans les Flandres et en Bretagne. On ne distinguait rien sous cette grande cloche sombre. Nous n'avons pas vu son visage. L'ombre du chapeau à grands bords nous le dérobait. Elle paraissait extrêmement fatiguée et peut-être était-elle entrée par hasard tout simplement pour se reposer.

Elle demeura ici peut-être une demi-heure sans causer à personne. Quand elle eût réglé sa consommation elle sortit et nous n'aurions jamais plus pensé à elle quand, peut-être un quart d'heure après qu'elle fût partie, nous entendîmes dans le coin où elle s'était assise, comme une sorte de vagissement très léger, très faible, presque un souffle insaisissable. Nous n'y prêtâmes pas tout de suite attention, tant nous étions loin de supposer la vérité. Mais tout à coup un cri strident, un robuste cri d'enfant qui se réveille retentit dans le cabaret. Nous nous regardâmes tous avec stupéfaction, un client qui se trouvait là mit la main sur un paquet sombre et s'écria :

— C'est un gosse. — Vrai, un cadeau !

Nous nous approchâmes tous. Ah ! quelle belle petite fille ! tu pouvais avoir quinze jours — et tu étais déjà aussi brune que maintenant avec de longs cheveux collés sur le crâne. Tu étais enveloppée dans des langes très fins, mais sans aucune marque. Autour du cou tu avais un cordon noir dans lequel était passée une alliance d'or — à l'intérieur de l'anneau était gravés deux prénoms et une date dont je ne me souviens plus mais dont l'inscription datait d'un an à peu près. C'était sans doute la date du mariage ou de l'union secrète de tes parents. On t'a appelée Madeleine parce que c'était l'un de ces prénoms. Mais comme je t'avais prise dans mes bras — que tu étais menue et mignonne ! — j'eus l'idée de te déshabiller tout à fait. Et alors nous vîmes avec surprise que tu avais sur le flanc gauche à côté de l'aîne deux petits grains de beauté. Une main — sans doute celle de ta mère — avait joint ces deux petits points noirs par une éraflure légère faite avec un canif ou la pointe d'une paire de ciseaux — et on avait versé dans cette éraflure de l'encre bleue comme celle dont on se sert pour les tampons de cachet. C'est une substance indélébile. Tu dois encore avoir cette marque.

On voyait nettement la trace du doigt dont le bout

avait été trempé dans l'encre et qu'on avait promené sur la petite écorchure. Rien de plus. Il n'y avait ni lettre ni papier d'aucune sorte. Pendant que je te rhabillais la bonne Madame Casimir entra dans le cabaret. Tu avais cessé de pleurer. Tu souriais, eût-on dit, à ceux qui te regardaient. Elle te prit à son tour dans ses bras et se mit à te bercer.

Quelqu'un disait déjà :

— Il faut la porter à l'assistance publique.

La mère Casimir, ma petite Jeanne, venait de te mettre au monde, vous savez toutes les deux comme elle a bon cœur. Elle se tourna vers son mari et lui dit :

— Si on l'élevait avec notre petite ?

Casimir est un bon homme. Il dit toujours oui à ce que demande sa femme.

— C'est çà, c'est ça, dirent les assistants. Peut-être qu'un jour ça vous portera bonheur !

Et voilà comment tu fus adoptée par le patron et la patronne. Vous êtes comme deux sœurs maintenant mes enfants — et moi je suis comme votre vieille marraine... Dites que vous l'aimez bien la vieille Polonaise ?

Un peu d'émotion attendrissait la vieille femme. Avait-elle eu jadis elle aussi une petite fille dont le souvenir lui demeurait cher ?

Les deux enfants se taisaient. Celle à qui la vieille s'était adressée plus particulièrement demanda encore :

— Et on n'a jamais revu la personne au manteau noir ?

— Non, elle n'est jamais revenue. Pourtant, un jour, il y a une femme qui est entrée ici un dimanche et qui a causé avec le patron. Elle s'est arrangée de façon à ce qu'on lui raconte toute l'histoire. Tu sais que ce n'est jamais difficile de le faire causer. Et ce n'est qu'après, quand elle a été partie, qu'il s'est demandé si elle n'était pas venue exprès, pour lui faire dire tout cela. Mais c'était une femme plus âgée que celle qui t'a laissée ici. Ce ne devait pas être la même...

— Alors, dis, Polonaise, c'est que maman s'appelait aussi Madeleine....

A ce moment la mère Casimir entra dans le cabaret par l'arrière-boutique :

Où sont les enfants ?

Le patron les désigna du bout du bras. Et la brave femme fit un geste qui voulait dire : « Si c'est Dieu possible ! est-ce qu'elles ne devraient pas déjà être couchées ! »

Et elle s'approcha vivement pour les prendre par la main.

C'était une brave et forte femme, haute en couleur, à l'œil franc et au geste vif. Elle n'aimait pas beaucoup la vieille Polonaise parce qu'elle lui reprochait de gâter l'esprit des petites avec toutes ses histoires de l'autre monde. Elle lui dit cependant un rapide bonjour et retournant au comptoir :

— Tu sais pourtant, dit-elle à son mari, que je n'aime pas que les enfants soient dans le cabaret à cette heure-ci....

— Tu te fais toujours des misères, répondit le débitant, est-ce que tu veux boire un verre ?

La brave femme leva les épaules. Elle connaissait son mari. Elle n'essaya même pas de lui faire la leçon. Et tenant par la main chacune des deux enfants qui ne la suivaient qu'à regret et en se retournant d'un air d'envie du côté de la Polonaise, elle rentra dans l'arrière-boutique.

II

C'est ainsi que ces deux petites filles grandirent l'une à côté de l'autre, entre la sollicitude vigilante de leur mère adoptive et l'indulgence paternelle du père Casimir.

Défense leur avait été faite de retourner dans le débit. Elles devaient prendre un petit couloir extérieur qui permettait de se rendre directement de la rue dans l'arrière-boutique. Jeanne ne souffrait pas de cette défense, mais que de fois Madeleine jeta un coup d'œil d'envie du côté du cabaret ! Elle revoyait en imagination la femme en noir déposant son petit paquet vivant — et disparaissant comme une ombre. Son imagination travaillait. Qui pouvait bien être cette femme noire ? Était-ce une grande dame ? Était-elle une enfant volée ? Était-elle fille d'un prince ? Serait-elle retrouvée un jour par ses parents et une grande fortune lui adviendrait-elle ? Elle ne se lassait pas de lire en cachette des histoires d'enfants trouvés.

Les rares petits sous qu'elle pouvait avoir dans la poche passaient entre les mains de la marchande de journaux. Que de fois elle tâcha de s'échapper

pour aller retrouver la vieille Polonaise éternelle-
ment assise devant son saladier de vin chaud et qui,
à force de raconter des aventures étonnantes avait
fini par y croire elle-même !

— Tu seras riche, lui disait-elle, tu verras, tu seras
riche.

Et la vanité de la petite fille en était délicieusement
flattée.

Quand elle s'en allait avec Jeanne à l'école des
sœurs, bien sages toutes deux, leur cartel sous le
bras et la ganse multicolore passée en sautoir en
guise de décoration, elles n'en finissaient plus de se
raconter leurs rêves d'avenir. Mais c'était presque
toujours Madeleine qui parlait. Elle avait la curiosité et le désir de tous les livres, elle s'épuisait en
aspirations vagues et passionnées. Qu'une femme
passât en coupé, qu'un homme la lorgnât en passant,
qu'un fait divers lui tombât sous les yeux, tout lui
était prétexte à vaines imaginations.

— Quand je serai riche..., commençait-elle souvent, et elle décrivait complaisamment à la petite
Jeanne qui l'écoutait, ébahie, les merveilles de l'hôtel
où elle habiterait, ses chevaux, ses voitures, les fêtes
qu'elle donnerait....

Dans ce royaume imaginaire elle demeurait une
sorte de fée transformant tout, par un mot, en or, en
diamants et en perles fines. Dans cette fantasmagorie tout le monde était heureux.

— Tu verras, disait-elle à Jeanne, tu monteras

dans ma voiture. Et je te donnerai une grosse somme
d'argent pour que tu te maries avec un homme du
monde. Papa et maman ne travailleront plus. Moi
j'épouserai un baron. Et tous les journaux parleront
de moi...

Jeanne, après avoir écouté quelque temps, finissait
par éclater de rire.

C'était une forte fille, jouffue et rose, de tempérament très calme, très régulier, tout à fait dénuée
d'imagination. Elle était exactement le contraire de
Madeleine. C'est pourquoi peut-être elles s'enten-
daient à merveille. L'une parlait, l'autre écoutait.
L'une partait à chaque instant dans les pays chimé-
riques, l'autre revenait d'instinct aux petites solu-
tions du bon sens pratique. Dans leur conduite à
l'école les mêmes caractères se manifestaient. L'une
était irrégulière et passionnée, l'autre placide et
obstinée. Le labeur patient de l'une compensait la
vivacité d'intelligence de l'autre. Elles parvenaient
somme toute par des qualités contraires à des résultats à peu près égaux.

Madeleine cependant n'était pas sans inquiéter
celles qui avaient la charge de son éducation. Elle
montrait en tout un désir de savoir, de connaître,
d'apprendre et d'essayer qui dans certaines circonstances pouvait être des plus dangereux. Cette insa-
tiable curiosité lui faisait dévorer presqu'en même
temps des livres de prières dont elle redisait avec un
accent exalté les prières d'amour, et les romans po-

pulaires dont elle avait toujours une livraison déchirée cachée dans la poche intérieure de sa jupe.

Sa mère adoptive, étant femme de bon sens, combattait cette inclination. Pour couper court à toute question elle lui avait dit qu'elle avait perdu les langes fins dans lesquels on l'avait abandonnée et perdu aussi l'anneau d'or et le ruban noir.

Chaque fois que Madeleine avait essayé de revenir sur ces souvenirs sa mère adoptive l'avait rudement tancée :

— Occupe-toi de gagner ta vie. Si tes parents ne sont pas morts il y a beau temps qu'ils t'ont oubliée. Voyez-vous cette petite sotte !

Mais Madeleine savait par la vieille Polonaise sa confidente complaisante que les langes, l'anneau et le ruban étaient précieusement conservés dans une cassette en bois et elle se doutait que cette cassette devait être dans un coin de la vieille armoire à glace qui garnissait la petite chambre à coucher de ses parents adoptifs. Voir ces objets, les toucher, tel était le but le plus ardent de ses désirs !...

— Quand je serai majeure, disait-elle un jour à Jeanne, j'espère bien qu'on me les rendra....

— Certainement, disait celle-ci, mais n'en parle plus à maman, cela la met en colère....

Un jour elle n'y tint plus. Elle avait alors à peu près quinze ans. Sa mère adoptive en partant faire quelques emplettes avait oublié dans un tablier son trousseau de clefs. Jeanne était sortie avec elle. Le père Casimir souriait à son comptoir. L'occasion était favorable. Après un débat intérieur, un vain essai de résistance à la curiosité la plus irrésistible, elle se saisit des clefs et se glissa, furtive, dans la chambre de ses parents. Comme son cœur battait ! Elle était sûre d'avoir au moins une heure de liberté. Personne ne savait qu'elle était là. Elle ferma derrière elle soigneusement la grosse serrure à double tour. Et comme une avare qui court à son trésor, les yeux brillants, un peu de fièvre aux pommettes, les mains presque tremblantes de plaisir et de crainte, elle essaya sur l'armoire à glace la petite clef qui si longtemps avait été le but caché de ses désirs.... La clef grinça, le pène glissa dans la gâche, la porte s'ouvrit.

Avec mille précautions pour ne rien déranger et ne laisser par conséquent aucune trace de son indiscrétion elle souleva des piles de linge. Sur la dernière planche, dans le coin le plus retiré, sous un vieux cachemire usé jusqu'à la corde, elle aperçut une petite boîte recouverte d'un papier à fleurs. Elle la retira avec précaution. La boîte n'était pas fermée.

Et alors, avec un frémissement, elle retira successivement des langes de linge fin, une petite chemise bordée de dentelles avec une faveur bleue passée dans le tour du cou, un amour de petit bonnet et dans le fond, tout à fait dans le fond de la boîte, l'alliance encore passée dans le ruban noir.

Dans l'angle de la fenêtre, la tête à contre-jour, la bague penchée dans la direction de la lumière, elle déchiffra lentement les deux noms liés par un trait d'union : Fernand-Madeleine, 17 février 1877.

Et quand elle eut bien pesé, soupesé, caressé toutes ces menues reliques qui étaient pour elle comme un gage de brillant avenir, elle demeura rêveuse, la tête de nouveau perdue en ses rêves incertains. Puis comme elle était sûre de n'être pas dérangée et qu'elle se trouvait pour la première fois parfaitement libre dans une chambre où il y avait une grande glace, elle voulut voir, reflété dans ce grand miroir, le signe dont la vieille Polonaise lui avait si souvent parlé comme d'une marque indélébile par laquelle un jour elle pouvait espérer prouver son identité. Lentement elle déboutonna son corsage. La chemisette blanche avec un bout de cordon rose passé dans le tour du cou apparut. Elle ne portait pas encore de corset, mais une sorte de chemisette en tricot passée directement sous le corsage, elle ôta ces deux vêtements et les posa sur une chaise. Elle délaça ensuite son petit jupon qui descendait à peine au-dessous du genou, fit tomber son pantalon de toile rude et elle se trouva en chemise, les bras nus, toute fraîche, et la forme de son corps bombant déjà la chemisette. Alors, enhardie par la solitude, elle ôta aussi sa chemise dans un joli mouvement de bras levés au-dessus de la tête et se trouva nue, en bottines et bas noirs, debout devant la glace et presque rougissante bien

que nul ne pût la voir, parce que c'était la première
fois qu'elle éprouvait à se mettre nue un si secret et
si vif plaisir.

Elle n'était encore qu'une fillette, mais un peu de
sève gonflait déjà les minces rondeurs de sa poitrine
précoce, un cerne brun marquait la place de ce qui
deviendrait plus tard un bouton rose. De toutes
menues touffes brunes mettaient des taches d'ombre
sous les bras, et un peu au-dessous de la ligne
de la taille, et le signe se révélait. un peu à gauche
gauche de l'aîne, tel que le lui avait décrit la sor-
cière de Pologne, formé de deux grains de beauté
unis par une éraflure injectée d'un peu d'encre
bleue.

Madeleine éprouvait à se contempler un étrange
et indéfinissable plaisir. Elle regardait ses jambes
fines, moulées par le fourreau des bas et cou-
pées par la ligne rouge de la petite jarretière, elle
observait les fossettes de ses hanches commen_
çantes, elle fixait successivement son regard inves-
tigateur sur la ligne de son buste, sur la courbe de
ses épaules encore grêles mais prometteuses, sur ses
deux bras étendus. A mesure qu'elle se considérait
elle se rappelait les mots de la Polonaise :

— Tu es trop fine, trop mignonne pour être la fille
de n'importe qui...

Pour se prouver à elle-même que la vieille ne
mentait pas elle se complaisait à se détailler, de face
tout à l'heure, de profil maintenant, elle considérait

le renflement léger de sa croupe succédant à la taille
mince et continuant la courbe jolie qui partait de la
nuque où des boucles folles frisottaient à l'aventure
pour finir à la cheville. Mais les bas et les bottines
la gênèrent à ce moment. Elle désira se voir tout entière et se mit complètement nue.

Le froid du parquet, sous la plante des pieds,
lui fut comme une caresse, comme un attouchement
étranger, comme une chatouille légère dont elle
se sourit dans la grande glace. Bien que maigrelette
elle se trouvait jolie ; ses pieds étaient blancs et petits, sa main était délicate, ses attaches étaient fines.
Pour mieux voir sa nuque elle releva ses cheveux
puis les dénoua pour les faire rétomber sur les
épaules. Ils se répandirent comme une cascade sombre, ils couvrirent ses épaules, ils retombèrent sur le
front. Alors pendant quelques minutes, se souriant
à elle-même et comme pour se réchauffer, elle se
passa les mains sur les bras et sur la poitrine, sur
les hanches, sur les jambes, et la sensation qu'elle
se donnait était neuve et ineffable.. Elle s'aimait déjà
elle-même, petite fille précoce ignorante des réalités
et qui ne savait même pas qu'elle commettait un acte
blâmable en trouvant à se regarder et à se complaire
un plaisir si vif et si indéfinissable. A un moment
donné, comme elle avait rassasié ses regards et
qu'elle cherchait autre chose elle s'approcha de la
glace si brillante et si fidèle, et elle se baisa elle-
même sur la bouche comme une petite amoureuse.

qui invente d'elle-même ce que depuis l'origine du monde inventent les amoureux. Le froid du verre lui causa le même étrange plaisir que lui avait causé la fraîcheur des lames de bois. Elle eut la sensation de n'être plus tout à fait seule, que quelqu'un d'étranger prenait aussi plaisir à sa contemplation et à son contact. Elle baisa à nouveau son image avec le regret de ne pouvoir se couvrir entièrement de baisers. Mais qu'elle se baissât ou non, c'était toujours le reflet de ses lèvres que ses lèvres rencontraient, et elle était pareille à un jeune chat qui fait le tour d'un miroir sans pouvoir se rendre compte que ce n'est qu'une apparence qui se joue devant ses yeux.

Elle se rhabilla alors avec un vague regret. Posément, soigneusement, elle remit sous le cachemire le coffret recouvert du papier à fleurs fanées, referma avec mille soins la porte de l'armoire à glace, se glissa hors de la chambre, alla remettre dans le tablier les clefs qu'elle y avait prises, et attendit toute songeuse le retour de ses parents.

III

Quand les fillettes eurent seize ans on se préoccupa de leur donner un métier. Par une femme de ménage qui travaillait rue de la Paix dans un grand magasin de modes, Mme Casimir obtint que ses deux enfants seraient reçues comme apprenties. Ce fut pour elles un beau jour. Elles saluèrent leur admission chez cette marchande de modes comme leur entrée véritable dans la vie. Elles avaient le sentiment de devenir de petites personnes ayant une profession et par conséquent une vie propre. Adieu les bonnes sœurs, les livres, et les classes ennuyeuses ! Elles descendirent de Montmartre, chaque matin, gaies et familières comme des moineaux jaseurs. La route est longue de là haut jusqu'au bas de la rue de la Paix, elles marchaient allégrement tenant chacune sous le bras deux tartines de pain beurré, et le plus souvent quelque reste de viande froide, de pâté ou d'un plat quelconque qu'elles trouvaient tout préparé au moment de partir. Et vers l'heure de midi, toujours comme des moineaux francs, elles allaient s'installer sur un banc des Tuileries et picoraient à même leur viande froide et leurs tartines en l'assaisonnant d'un demi selier de vin qu'elles emportaient dans une bouteille plate pour que cela fît un paquet moins gros.

Dès le second mois elles furent promues au salaire de 25 francs par mois. Elles le rapportèrent intact et triomphalement à Mme Casimir et ce fut une petite fête, ce soir là, dans l'arrière boutique du marchand de vins. On déboucha une bouteille cachetée, on but à la prospérité future des nouvelles ouvrières.

Jeanne se considérait comme parfaitement heureuse. Cette vie régulière et calme convenait à merveille à son tempérament.

Quand des jeunes gens, le matin ou le soir, pendant le trajet des boulevards à Montmartre, s'offraient en riant à les accompagner c'était elle toujours qui les écartait avec fermeté. Madeleine se fût volontiers laissé aller à causer, et même à faire quelque détours quand le jeune homme était gentil, mais Jeanne la retenait. Et elles demeuraient sages.

Mais comme leurs premières notions de la vie se précisaient dans les conversations et dans les chansons de l'atelier en travail ! Certes les filles de Montmartre quand elles approchent de seize ans ne sont plus des ingénues... mais les conversations d'atelier complétèrent leur instruction. Non sans un secret sentiment de gêne, mais avec une apparente forfanterie (car il ne faut pas avoir l'air bête n'est-ce pas ?) elles prenaient part aux plaisanteries. Elles savaient maintenant qu'Amélie était avec Edmond et que la grande Louise avait une chambre sur la cour dans le quartier de la Madeleine. Lorsqu'une ouvrière arrivait avec le teint fané et les yeux battus tout le monde la plaisantait sur l'emploi de sa soirée. Et très souvent celle-ci racontait avec force détails son aventure nocturne.

Je laisse à penser si les deux jeunes filles écoutaient attentivement ! Mais dans la façon d'écouter se manifestait encore la différence radicale de leurs tempéraments.

Tous ces récits, si semblables les uns aux autres, inspiraient à Jeanne une peur instinctive et un désir chaque jour plus conscient et plus net de continuer sa vie tranquille et d'épouser quelque jour un employé de bonne conduite. Ces aventures, au contraire, excitaient l'imagination de Madeleine, le désir impérieux de goûter à ces plaisirs, de connaître ces restaurants, ces théâtres, ces entresols, et l'orgueil délicieux de se promener en voiture avec une robe de soie !

Quand elle disait à Jeanne ses folles ambitions, celle-ci la sermonnait, de son ton de voix bien posé, avec une robuste logique de petite femme précoce. Mais Madeleine s'admirait dans toutes les glaces en passant sur les trottoirs, et, de temps en temps, pour avoir le plaisir de causer avec des jeunes gens elle partait avec une grande blonde qui n'en était pas à son coup d'essai. Elle trouvait alors des prétextes pour prendre au retour un autre chemin que celui que Jeanne suivait, et elles ne se retrouvaient qu'à tel point déterminé afin de rentrer ensemble au logis familial.

La curiosité impatiente de Madeleine et l'indulgence bonne fille de Jeanne s'accommodaient toutes les deux de ce petit expédient.

IV

Est-ce que ce sont les événements qui s'adaptent si souvent à nos tempéraments respectifs, ou est-ce nous mêmes qui effectuons cette adaptation en ne choisissant dans les circonstances que celles qui conviennent à nos facultés et à nos désirs ?

Il ne s'était pas écoulé un an depuis l'entrée des deux jeunes filles dans le magasin de modes que toutes deux avaient de quoi occuper leurs rêves et leurs loisirs. Jeanne avait écouté favorablement les avances d'un commis placier en rubans pour marchandes de modes et lui consacrait toutes les minutes dont elle pouvait disposer à l'aller et au retour de l'atelier, pendant l'heure du déjeuner, à toutes les occasions.

L'un à côté de l'autre, ils marchaient posément, se racontant leurs affaires, et faisant des projets d'avenir à longue échéance. Il était convenu qu'ils se marieraient. Aussi Jeanne s'efforçait-elle d'apprendre le mieux possible l'art de faire des chapeaux, le commis s'évertuait-il à augmenter sa clientèle. Et dans l'avenir lointain ils caressaient le beau rêve de s'établir à leur tour. Les deux métiers ne devaient-ils pas se compléter parfaitement ? L'un connaissait et fournissait la matière première ; l'autre était habile dans la mise en œuvre. Tous deux étaient jeunes, avenants, et disposés à toutes les amabilités qui attirent la clientèle. Pourquoi ne réussiraient-ils pas ? Madeleine écoutait ces projets d'une oreille distraite. Un avenir comme celui-là ne suffisait pas à ses ambitions. Elle rêvait luxe et tapage.

Or un jour le jeune commis fit une grande imprudence. Il amena avec lui au sortir de l'atelier où travaillaient les deux jeunes filles, son frère, d'un an moins âgé que lui. C'était un aimable jeune homme, d'extérieur très doux, et qui s'occupait des mêmes affaires que son aîné.

Les quatre jeunes gens firent route ensemble. Jeanne et son fiancé prirent la tête pour être plus seuls. Madeleine les suivait à quelques pas de distance en causant avec son compagnon de route. Tout de suite elle s'aperçut que sa coquetterie produisait sur le nouveau venu une impression profonde. Déjà timide naturellement, il devenait plus timide encore, il cherchait sans les trouver des mots qui balbutiaient sur ses lèvres juvéniles. Un fin duvet blond qui marquait sa lèvre supérieure ; le rose incarnat de ses joues, les cheveux d'un joli blond séparés méticuleusement par une ligne des plus correctes en faisaient un compagnon de tournure fort agréable. Madeleine s'amusait de cette timidité. Pour elle un jeune commis, fût-il le plus joli garçon du monde, et l'aimât-il

de tout son cœur, n'existait pas plus au point de vue
sentimental qu'un Indo-Chinois ou un nègre du Sou-
dan. Ses désirs allaient plus haut. Mais il n'est pas
de femme qui ne soit flattée d'inspirer un sentiment
tendre, et Madeleine était si naturellement coquette
qu'elle goûtait plus que toute autre ce genre de satisfaction.

Et pendant une quinzaine de soirées ils retournèrent ainsi des grands boulevards à Montmartre.
Madeleine devenait plus attrayante chaque jour. Ses
yeux noirs brillaient d'un éclat superbe, la bouche
faisait sous le nez joli une tache rouge des plus ten-
tantes, la taille s'amincissait, la croupe s'arrondissait;
je ne sais quel déhanchement ou quelle façon de se
retrousser mettaient un éclair aux yeux des passants;
une gentillesse, un charme, quelque chose de tenta-
teur émanait de sa mince personne. Chaque jour
aussi elle parvenait à s'habiller mieux. Au grand
étonnement de Jeanne elle se parait tantôt d'une
broche, tantôt d'une bague, tantôt d'une jupe ou d'un
chapeau neufs. Elle prétendait avoir reçu ces objets
comme cadeaux d'une cliente chez qui elle faisait des
commissions. Le doux jeune homme timide contribuait à ces coquetteries. Il avait pris la coutume
d'offrir presque chaque jour tantôt une touffe de
fleurs, tantôt un présent de valeur plus grande. Madeleine accueillait tout avec un sourire exquis. Il
signifiait, ce sourire (si on avait su le comprendre) :
« qu'on me donne tout ce qu'on voudra, je prendrai

tout, je croquerai tout, mais mon cœur, et tout le
reste, je le donnerai à qui bon me semblera ! »

Un jour elle se lassa de ce flirt trop juvénile. Elle
trouva des prétextes pour reprendre sa liberté.
Comme jadis elle convint avec Jeanne de rendez-
vous qui permettaient de ne se retrouver qu'au moment de rentrer ensemble chez leurs parents. Elle
avait d'autres soucis. Et le doux jeune homme blond
pensa en mourir tant il était amoureux. Elle s'était
fait un jeu de l'affoler tout à fait. Il venait encore,
certains soirs, à la sortie de l'atelier mais il se cachait
de son frère qui l'eût grondé sévèrement de s'être
attaché à cette coquette ! Il suivait des yeux aussi
loin qu'il le pouvait, la frivole créature qui s'échappait
en riant. Et elle se montra si dure envers lui, un jour
qu'il avait essayé de la suivre, qu'il y renonça en
pleurant, sans cesser de penser à elle.

V

Il est évident que Madeleine quand elle s'échappait ainsi avait pour le faire d'excellentes raisons. La personne qui lui avait offert les broches, les bagues, les chapeaux et les jupes n'était pas une cliente généreuse et anonyme. C'était, comme on le pense bien, un jeune homme très entreprenant. Madeleine l'avait connu dans l'atelier même où elle travaillait. M. Darnaillé fils était la terreur des ouvrières du magasin et le désespoir de ses parents. Tandis que ceux-ci travaillaient depuis quarante ans pour amasser leur fortune, ce jeune homme se refusait à toute occupation sérieuse. Joli garçon d'ailleurs, les cheveux et la moustache noirs relevés à la conquérante, toujours frisé au petit fer, en jaquette à taille trop fine avec je ne sais quel goût de faux homme du monde toujours un peu en retard et qui déforme en l'exagérant la mode qui vient de finir, il était bien fait pour séduire une jeune ouvrière vaniteuse qui prenait pour le dernier mot de l'élégance et du chic la fleur artificielle à la boutonnière et les escarpins vernis en guise de bottines de ville. Il venait d'avoir vingt-cinq ans et il avait déjà derrière lui dix années de vie

facile. Son père avait successivement essayé de l'intéresser à ses affaires, mais comme il séduisait ses meilleures ouvrières il l'avait envoyé pendant un an à l'étranger.

Les dépenses exagérées et les plaintes de ses patrons avaient obligé à le faire revenir. On l'avait mis alors comme commis chez un coulissier mais il y avait pris le goût du jeu, et l'habitude des restaurants de nuit.

Pour toutes ses irrégularités et notamment pour une perte de sept mille francs qu'il ne pouvait payer il s'était trouvé un jour renvoyé de chez son patron. Il était alors criblé de notes criardes chez les fournisseurs et dans tous les lieux publics où l'on fait la fête. En désespoir de cause et après les promesses les plus solennelles, son père paya ses dettes et pour le tenir sous la main avait alors essayé de le reprendre chez lui en le surveillant attentivement. Mais on voit par son aventure nouvelle qu'il était incorrigible. C'était un homme à avoir toujours deux ou trois maîtresses et qui empruntait chez les usuriers de l'argent à soixante pour cent, pour aller parader au bois dans un coupé de grande remise.

Tel était l'homme qui avait séduit le cœur de Madeleine. Il était fatal qu'il en fût ainsi. On ne se morfond pas à attendre indéfiniment une fortune problématique quand on vit depuis sa plus tendre enfance en rêvant luxe et plaisir.

Elle connut par cet écervelé les déjeuners aux restaurants des boulevards et les après-midi dans les voitures de cercle. Sous prétexte de respecter l'intimité de Jeanne avec son fiancé elle s'était tout à fait affranchie de la tutelle de celle-ci.

Peu à peu aussi elle s'habitua, grâce à la complicité du fils de ses patrons, à manquer au magasin. Elle prétextait tantôt une légère maladie, et tantôt l'une des mille raisons que trouvent toujours ceux qui veulent buissonner.

Pour ne pas faire de scandale la maîtresse d'atelier faisait semblant de croire tout. Les autres ouvrières n'avaient pas encore deviné la vérité.

Certes quand elle accepta les premières invitations de ce jeune homme, l'amour propre et la vanité, l'entraînèrent plus que l'amour. Elle se sentait fière d'avoir été distinguée par le fils de la maison. Elle se croyait au-dessus de toutes ses compagnes. L'amour timide et prudent de Jeanne avec son ami lui paraissait ridicule.

Elle ne pensait pas cependant qu'elle dût parcourir si vite le chemin qu'elle avait pris. Mais la pente est glissante quand on s'y engage avec un guide aussi peu ingénu que l'était Jean Darnaillé. A force de déjeuner dans les cabinets particuliers, quand on se laisse embrasser, cajôler, caresser, quand on passe loin du travail dans la compagnie des désœuvrées et des vicieuses, des après-midi entières il arrive toujours une minute où l'on se sent faible. Et Jean Dar-

naillé n'était pas homme à laisser échapper l'occasion favorable.

Ce fut sur le divan d'un restaurant de la rue Saint-
Honoré que Madeleine un jour se trouva sans défense.
Elle avait bu ce jour-là plus qu'elle ne s'en était
aperçue. Jean, avec une habileté de libertin con-
sommé, avait savamment combiné les vins les plus
différents.

Le champagne survenant à la fin avait grisé la
pauvrette. Et comme elle se sentait la tête lourde et
les yeux brouillés, Jean l'avait deshabillée sous prétexte de la délacer puis, la couvrant de baisers, il s'en
était rendu maître.

Avait-elle vraiment résisté autant qu'elle aurait pu
le faire? N'y eut-il pas de sa part un peu de consentement? Elle se trouva la maîtresse du jeune homme
presque sans s'en rendre compte.

Et comme il arrive presque toujours en ces circonstances, une fois franchi le pas dangereux, elle
s'était attachée avec passion à celui qui l'avait faite
femme, ne souhaitant que le garder et lui complaire
en toutes choses.

Ce fut à partir de ce moment qu'elle vint à l'atelier
de plus en plus rarement. De temps en temps aussi
avec la complicité d'une amie trop complaisante, elle
prétextait des travaux de nuit dans une annexe de
l'atelier et cette combinaison lui donnait la possibilité d'employer à s'amuser quelques soirées tout
entières.

Et Jeanne qui se désolait de voir Madeleine devenir si peu semblable à ce qu'elle aurait voulu qu'elle
devînt, couvrait cependant par son silence, tant elle
était généreuse, les irrégularités de sa compagne
d'enfance.

Elle en souffrait sans le dire — et elle continuait
plus résolue que jamais, à demeurer laborieuse et à
partager avec son ami ses heures de loisir et ses
projets d'avenir. Leurs fiançailles avaient été agréées
par les parents de chacun d'eux. Ils n'avaient désor-
mais à se cacher de personne. La date de leur mariage
allait pouvoir être fixée.

VI

Ce jour arriva enfin. Le matin du mariage Jeanne fut réveillée par sa mère qui lui apportait dans son lit sa tasse de chocolat. Elle partageait sa chambre avec sa sœur adoptive. Un radieux soleil d'été projetait magnifiquement par la fenêtre grande ouverte ses rayons. Les deux filles jeunes se souhaitèrent le bonjour.

Certes, depuis qu'un si grand changement s'était fait dans la vie de Madeleine, l'intimité avait cessé entre elles presque entièrement. Jeanne affectait de ne demander à Madeleine aucun détail sur l'emploi de son temps et Madeleine sentait dans ce silence obstiné une réprobation parfaitement nette. Mais d'un accord tacite elles oubliaient ce jour-là leurs sujets de dissentiments. Dès qu'elle fût levée, Madeleine courut à Jeanne et l'embrassa gentiment à deux reprises sur les joues. L'autre l'embrassa aussi pour la remercier de ce bon mouvement et elle était si heureuse que deux larmes de bonheur vinrent lui brouiller les yeux qu'elle avait gardés candides et d'un bleu très pur. Tout de suite elles commencèrent à préparer la toilette.

Déjà toute la robe blanche, jupe et corsage de satin blanc, reposait sur une chaise, la couronne de mariée était sur la cheminée, sur un vieux fauteuil, fatigué se trouvaient le linge fin, le voile, les gants, le chapelet, un livre de messe, et les mille petits objets d'une parure d'épousée ; sous le bahut montraient leurs pointes les deux souliers de satin blanc, et tout près de la pendule reposaient dans leurs écrins les gentils bijoux modestes offerts par le fiancé.

La mère Casimir entra, apportant aux jeunes filles des tasses de chocolat et des grillades de pain. Elle n'en finissait pas de dire son contentement.

Elle ne descendit qu'à regret pour s'habiller elle-même et préparer les vêtements de son paterne mari — occupé comme toujours à bavarder aux clients.

Comme Jeanne était heureuse ! il y avait dans sa joie une candeur délicieuse. Cette honnête petite femme avait traversé la vie sans laisser un seul regret aux dangers et aux tentations.

Par un instinct plus sûr que la plus vive intelligence, elle avait choisi du premier coup le jeune homme qui devait comprendre et partager ses goûts. Ils s'étaient appuyés sur le bras l'un de l'autre. Ils arrivaient au but, contents d'eux-mêmes, fiers du passé et confiants dans l'avenir.

Madeleine, bien qu'elle ne fût pas le moins du monde envieuse, ne pouvait se défendre d'un petit serrement de cœur en constatant cette joie légitime et ce bon-

heur. Elle faisait malgré elle un retour sur elle-même
et, le premier énivrement du plaisir déjà passé depuis
longtemps, elle se sentait comme il arrive toujours
un regret amer et une rancœur. En quels compro-
mis, en quelles aventures elle avait déjà glissé! la
certitude heureuse où elle voyait Jeanne d'aimer pour
toute la vie celui qui l'aimait d'un même amour ingénu lui suggérait par la logique même des choses
de sombres réflexions.

Pouvait-elle compter sur l'amour de Darnaillé ? elle
savait bien que non! Déjà à maintes reprises, elle
avait compris qu'elle n'avait jamais été aimée exclu-
sivement. Qu'était-elle dans sa vie? Et tandis qu'elle
lui avait donné les preuves d'amour les plus évidentes,
il ne la traitait jamais qu'en compagne de plaisir.

La couronne de mariée toute de boutons d'oran-
gers était-là comme un symbole et aussi comme un
reproche... Etrange et fatal retour de toutes choses
ici bas!...

Mais Madeleine secoua ses importunes pensées.
Elle s'habillait elle-même tout en aidant son amie.

Elles se trouvèrent bientôt en jupon et en corset —
n'attendant plus pour passer leur robe que l'arrivée
du coiffeur. Celui-ci entra bientôt. Le frère du fiancé
l'accompagnait timidement. Il apportait à sa future
belle sœur un magnifique bouquet. Quand il aperçut
Madeleine, son cœur se serra, il devint très pâle.

Dominant son émotion, il offrit son bouquet et tendit la main successivement à chacune des deux jeu-

nes filles. Était-ce un vague remords de l'avoir fait tant souffrir? Était-ce une nouvelle et insconsciente coquetterie? Madeleine en prenant cette main la garda un instant entre ses doigts tièdes et souples — et la pressa légèrement; mais elle se détourna quand le jeune homme lui planta loyalement son regard droit dans les yeux comme pour lui demander si cette poignée de mains signifiait quelque chose. Elle commençait à avoir le sentiment de sa déchéance.

Le jeune homme, au lieu de s'en retourner comme il eût fait si Jeanne avait été seule demeura dans la chambre, hypnotisé par la présence de Madeleine. Il s'efforçait de paraître s'intéresser aux détails de la robe blanche et de la couronne, il causait avec le coiffeur, il touchait, admirait. Mais malgré lui ses regards se portaient sur Madeleine. Celle-ci s'était assise. Elle attendait son tour d'être coiffée s'étant mis un châle bigarré sur les épaules. Mais ce châle mal attaché laissait voir le cou et la nuque, les deux avant-bras frais et roses sortaient de dessous les plis pour se croiser sur la poitrine, et les yeux de Madeleine, distraitement fixés sur la fenêtre ouverte donnaient à son profil et à toute sa physionomie quelque chose de suave.

Comme il était naturel que ce jeune homme l'aimât! et pourquoi fallait-il que cet amour fût pour lui la source de tant de déceptions!

Au moment où le coiffeur allait en avoir fini, Mme Casimir entra.

Quelqu'un voudrait te parler, dit-elle à Madeleine, — on dirait un homme de loi...

— Un homme de loi? répondit celle-ci, qu'est-ce qu'il peut me vouloir?

Il a tellement insisté — reprit encore la brave femme — que je l'ai laissé monter... Sache ce dont il s'agit et renvoie le au plus tôt...

Elle avait à peine terminé ces mots qu'une silhouette falotte de petit homme maigre, vieux, cassé, tenant à la main un antique chapeau de soie et de l'autre une vieille serviette bourrée de papiers, s'avança en saluant quatre ou cinq fois à la ronde.

— Mesdames... Messieurs... salut bien... je vous demande pardon... il cherchait un coin — eut-on dit — où il pût se tenir à l'aise... toutes les chaises étaient occupées, on lui en débarrassa une...

Mais il ne se pressait pas d'exposer le but de sa visite. Ces cinq personnes assemblées le gênaient visiblement. Le coiffeur et le frère du fiancé crurent discret de se retirer.

— Maintenant, dit Madeleine, voulez-vous nous expliquer...

Mais le petit homme maigre tourna les yeux successivement de Mme Casimir à Jeanne et de Jeanne à Mme Casimir d'un air qui interrogeait:

— Est-ce que vraiment je puis dire devant ces dames?...

— C'est ma mère et c'est ma sœur, dit alors Madeleine, vous trouvez parler sans crainte...

L'autre fit un geste évasif. Evidemment il n'aimait pas beaucoup qu'il y eût des tiers dans cet entretien... Mais puisque Mademoiselle Madeleine le voulait absolument il était prêt à s'expliquer...

Un dernier regard vers la porte, une petite toux, quelques mots inarticulés comme une crécelle mal réglée qui hésite à se mettre en train et après mille hésitations et circonlocutions, les yeux fixés sur ses auditeurs, épiant l'effet de chacune de ses paroles, toujours prêt à se reprendre, toujours prêt à s'interrompre, calme, prudent, calculateur, il commença son récit.

Toutes ces précautions étaient inutiles. Pas une des assistantes n'avait une âme d'homme d'affaires. Leurs impressions se peignaient immédiatement sur les visages. Et aux premiers mots abordant le vrai sujet :

— Tu vois, maman, cria Madeleine, je savais bien que mes parents finiraient par me retrouver !...

Mais le petit homme s'agita avec des gestes comiques :

— Non, non, non, Mademoiselle, vos parents sont morts et depuis assez longtemps, mais je les ai connus — et c'est pourquoi je viens vous en parler...

Le visage de Madeleine se rembrunit à ces paroles mais une curiosité fiévreuse lui faisait briller les yeux :

— Ah ! Monsieur, dites-moi tout de suite ; comment s'appelaient-ils ? que faisaient-ils ? où sont-ils morts ?

Et mot par mot, lentement, elle finit par apprendre une partie de ce qu'elle demandait si avidement.

Le petit homme lui apprit que sa mère étant morte jeune sans avoir pu être épousée par l'homme beaucoup plus âgé qu'elle, des œuvres de qui elle avait engendré et qui avait été en son temps un financier très connu... C'était un banquier mêlé très souvent à des affaires retentissantes et qui en mourant avait laissé ses affaires dans l'état le plus embrouillé...

— Reste-il quelque chose ? dit Madeleine...

Une lueur furtive passa dans l'œil gris du petit homme maigrelet.

— Je le crois, répondit-il avec un geste évasif, mais il y a tant de paperasses, tant de procès, et tant de gens qui prétendent avoir plus ou moins de droits... que personne ne peut savoir ce qu'il restera... Mais il restera tout de même quelque chose, se hâta-t-il d'ajouter, pour ramener un sourire sur le visage de Madeleine qui passait d'un extrême à l'autre avec une facilité dont le rusé narrateur se réjouissait tout bas...

— Oui, reprit-il, lentement, il restera quelque chose... mais ce sera grâce à nous qui avons pris soin de vos intérêts, même avant de vous connaître...

— Ah ! merci, merci, Monsieur ! s'écria la jeune fille, je saurai vous témoigner mon immense reconnaissance !

— Nous nous occupons beaucoup, Mademoiselle, des héritages en deshérence, votre cas était difficile, nous nous sommes piqués au jeu, et nous n'avons rien négligé pour sauvegarder vos droits — et surtout pour vous retrouver. Ah ! cela était difficile !... et il voulut expliquer par quelle suite de longs efforts, à la faveur de quels vagues indices, par quelle chance inespérée son enquête de police avait pu aboutir enfin...

Les yeux de Madeleine brillaient de curiosité, d'orgueil à peine réprimé — et d'une évidente cupidité. Tous ces détails l'ennuyaient. Elle interrompit pour dire :

— Mais enfin, au minimum, à quoi se monte l'héritage ?

L'autre se déroba encore, il ne pouvait rien citer, qui pouvait jamais savoir ?

Madeleine était fébrile :

— Est-ce mille francs ou cent mille ?

— Ce sera peut-être cent mille...

Mais Madeleine se leva — battit des mains — et ne contenait plus sa joie...

Quel bonheur ! quel bonheur ! dites, bonne maman Casimir, dis, ma bonne petite Jeanne, quel bonheur ! quel bonheur ! Jeanne embrassa son amie. Mme Casimir en fit autant mais avec plus de réserve.

Le petit homme s'était tu. Il regardait avec satisfaction ce spectacle familial. Ses yeux fureteurs passaient successivement du mobilier des plus modestes — à la robe de mariée — et aux visages des trois femmes. On sentait dans son cerveau un calcul intérieur. Il supputait mentalement le sacrifice qu'il ferait pour garder la plus grosse part.

Tout à coup il s'écria :

— Etes-vous majeure, Mademoiselle ?

— Oui, Monsieur, depuis quelques mois.

— Voilà qui simplifie tout. .

Alors Madeleine revint à son interlocuteur,

— Dites-moi maintenant, Monsieur où et quand pourrais-je toucher ces cent mille francs?

L'homme prit un air effaré.

— Cent mille francs? s'écria-t-il, ai-je dit qu'il y aurait cent mille francs? mais vous avez mal compris, je n'ai pas pu dire cela... qui peut le savoir d'ailleurs? il y a tant de procès..., et il prit un air très digne.

— Je suis vieux, Mademoiselle, j'ai vu bien des affaires de toutes sortes et de tous les genres. Mais je vous en donne ma parole d'honneur, jamais je n'ai rencontré une succession aussi difficile que celle de défunt votre père. Il y a d'abord le testament qui peut donner lieu à mille chicanes. Pour vous en donner une idée voici à peu près son texte ;

« J'institue par les présentes légataire de mes biens, meubles et immeubles et de tous mes droits en litige, une fille que j'ai eue en 187... et qui a été abandonnée par sa mère dans des circonstances que j'ignore. On trouvera ci-joint des indications qui permettront peut-être de la retrouver. Si on ne la retrouve pas, je consens à ce que mes biens soient partagés dans la proportion du montant des actions qu'ils avaient prises entre ceux qui ont perdu tout ou partie de leur fortune dans les diverses sociétés que j'ai fondées et exploitations que j'ai commencées ou entre leurs représentants. »

Or, Mademoiselle, c'est par centaines que ces gens-là ont commencé des procès contre notre succession... Cela peut durer vingt ans, trente ans, plus encore, que voulez-vous que l'on sache ?

Madeleine, désolée, retomba sur sa chaise plutôt qu'elle s'y assit. La déception était rude; attendre vingt ans! trente ans! c'était pour elle comme si le machiavélique petit homme avait détruit d'un seul mot toutes ses espérances.

Attendre vingt ans! trente ans !.., elle venait de vivre pendant cinq minutes avec la certitude d'être riche, et voilà qu'elle retombait à sa pauvreté natale !

— Bah ! dit la mère Casimir, nous attendrons, ma chérie...est-ce que tu n'as pas vécu heureuse jusqu'à présent sans tous ces billets de mille !

Mais Madeleine ne voulut rien entendre. Toutes ces émotions avaient été trop fortes. Des larmes lui vinrent aux yeux.

— Il y aurait peut-être un moyen, dit alors le petit homme, je fais partie d'un agence extrêmement riche et puissante. Malgré tout l'imprévu et tout l'embarras de ces procès et de ces réclamations peut-être consentirait-elle à vous faire une avance sur la succession future... Vous toucheriez tout de suite, combien, je ne sais pas... mais peut-être la moitié, ce serait une chose à voir...

Madeleine ressuscita, les larmes se dissipèrent. Toucher tout de suite cinquante mille francs et le reste dans peu de temps est-ce que vraiment ce pourrait être possible ?

— Certainement, dit le petit homme, il ne s'agit que de s'entendre. Allez parler au directeur.

— Où est-ce, où est-ce ? dit nerveusement Madeleine.

— Rue Vivienne, 53. Je puis, si vous le voulez, vous y conduire moi-même.

— J'y vais ! j'y vais ! Monsieur, je vous suis...

Elle passa rapidement son corsage, mit son chapeau et n'écouta qu'avec impatience les sages conseils de Mme Casimir.

— Ne t'emballe pas, mon enfant, disait la prudente femme, informe-toi si tu veux — mais tâche d'agir avec calme... Quel dommage que ce soit justement aujourd'hui que Monsieur soit arrivé ! je t'aurais accompagnée... Cela m'ennuie de te laisser aller toute seule là-bas... tu devrais attendre un peu.

Mais Madeleine n'écoutait même pas. Une curiosité fiévreuse, une passion impétueuse la poussait en avant d'un élan irrésistible.

Elle était déjà partie.

— Avant de nous en aller, Madame, dit encore le petit homme en s'adressant à Mme Casimir — je voudrais voir, si vous les avez encore, les langes et l'anneau d'or dont parle l'annexe faite au testament.

Mme Casimir alla prendre la cassette dans l'armoire. Elle en montra les objets.

— C'est parfait, dit le vieillard.

Il salua et sortit. Madeleine le précédait.

VII

— Comme elle a eu vite fait de nous quitter pour courir à son argent! dit à sa fille Mme Casimir non sans un peu de tristesse.

— Il y a longtemps qu'elle s'est écartée de nous... lui répondit celle-ci, et elles continuèrent à causer de l'événement tout en se hâtant de finir leur toilette. Cette longue visite les avait mises en retard.

De son côté le père Casimir, dès qu'il fut au courant de l'aventure, se hâta de la conter à tous ceux qui l'entouraient. Comme une traînée de poudre la nouvelle courut le quartier. Tous les invités à la noce arrivant successivement ajoutaient aux mille commentaires des commentaires nouveaux.

Pendant ce temps Madeleine arrivait rue Vivienne. Le directeur de l'agence la fit attendre longtemps. Il fallait en effet qu'il se fit conter par son collaborateur l'entretien que celui-ci venait d'avoir. Minutieusement, point par point, il voulut connaître jusque dans les moindres détails ce qui avait été dit. Quand il eût tout entendu son opinion était faite. L'occasion était bonne. Il fallait profiter de la hâte, de l'impatience et de l'ignorance de la jeune fille pour obtenir d'elle moyennant la somme la plus faible une renonciation en règle à ses droits successoraux.

C'est dans ces dispositions qu'il fit entrer Madeleine. Il la reçut avec les plus grands égards. Dans le bureau tapissé de cartons verts et de dossiers il la fit asseoir cérémonieusement dans un grand fauteuil de cuir. La jeune fille jouissait délicieusement de ces premières marques de considération. Elle se sentait quelqu'un.

— Puis-je savoir, demanda-t-elle, quel est le nom de mon père ?

Mais le directeur de l'agence était au moins aussi madré que le très prudent émissaire qu'il avait si adroitement choisi pour amorcer la transaction.

Cette demi-heure d'attente avait achevé d'exciter au plus haut point l'impatience et la fébrilité de l'héritière présumée. Il s'attacha à ne pas laisser tomber cette excitation des nerfs qui lui paraissait éminemment favorable à la réalisation de ses desseins. Comme s'il s'agissait d'une affaire comme il en avait à traiter tous les jours, il parla négligemment de toutes les difficultés que cette succession lui avait déjà values. Vingt fois, si on l'en croyait, il avait été sur le point de tout abandonner tant il paraissait certain qu'il ne sortirait de ces mille procès que des ennuis et des déceptions.

Et s'il consentait à s'en occuper encore c'est à

cause de tout ce qu'il venait d'apprendre sur la personnalité si intéressante de la pauvre petite orpheline que ses agents avaient su découvrir.

— Oui, Mademoiselle, lui disait-il, je comprends votre impatience. J'ai le désir le plus vif de vous être agréable. Mais que puis-je contre tout ce fatras ?... et il désignait du doigt une montagne de vieux papiers qui parut à la jeune fille un fouillis inextricable.

Devant un tel détachement elle eût un grand mouvement de désespoir. Et ce fut d'une voix suppliante, presque les mains jointes, qu'elle dit :

— Ah ! Monsieur, je vous en supplie, ne me laissez pas en peine... je vous paierai largement de vos travaux et de vos soins.

Il eut un geste détaché d'homme pour qui la question d'argent n'est que d'une minime importance.

— Personnellement, ajouta-t-il, j'ai déjà donné trop de temps à ce labyrinthe indéchiffrable. Ce n'est plus de mon ressort. Je renonce à m'en occuper.

Madeleine crispa les doigts. Elle était prête à pleurer.

— Mais je connais, ajouta-t-il, un grand bureau de contentieux dont ce genre d'affaires forme la spécialité. Peut-être, si je lui en parlais, et parce que je suis en relations quotidiennes avec cette maison dont le chef est en ce moment même en conférence avec mes commis, peut-être consentirait-il à vous escompter vos droits. La maison qu'il dirige agit toujours directement. Elle achète les droits litigieux et selon qu'elle réussit à gagner ou non ses procès elle prospère ou elle se ruine. Si votre affaire n'était pas si mauvaise je lui en aurai déjà parlé, car il a vu les dossiers — mais je crains qu'il ne refuse....

— Ah ! Monsieur, supplia Madeleine, faites cela, je vous en prie !

— Oui, oui, dit l'autre en souriant, je vous comprends, Mademoiselle ! je ne demande pas mieux, moi, que de vous servir ! vous êtes jolie, vous êtes charmante, je vous suis tout dévoué....

Mais mon commis a eu l'imprudence de vous dire un très gros chiffre.... Cent mille francs !... Cent mille francs !...

Est-ce que vous voudriez vraiment cent mille francs ?...

— Si c'était possible, Monsieur....

Alors le directeur de l'agence, faisant un geste qui voulait dire : Essayons ! moi je m'en moque !... appuya sur un bouton électrique.

— Prévenez monsieur Berton que je désire lui parler.

Et tous deux attendirent que le personnage vînt.

Il ne se fit pas trop attendre. En quelques mots très rapides le directeur le mit au courant de l'affaire qu'on lui proposait. Ce monsieur Berton était un homme de cinquante ans, à favoris bien bouclés, sanglé dans une redingote noire, décoré d'un ordre étranger, et de manières solennelles. Il se défendit longtemps.

Le directeur de l'agence le pressait de toutes façons. Après avoir épuisé la série des objections il se décida enfin (comme Madeleine à ce moment se sentait battre le cœur!), mais il ne le fit que sur la promesse formelle que l'agence lui accorderait une autre affaire meilleure sur laquelle il se rattraperait de la perte trop certaine que lui vaudrait celle-ci.

— J'accepte donc, termina-t-il, et je suis prêt à signer.

Madeleine était ravie. En un instant l'acte fut prêt. Il était court mais très bien fait. Madeleine y déclarait que moyennant le versement d'une somme de cent mille francs elle vendait à l'acheteur tous ses droits présents et à venir, litigieux et autres sur la succession de son père naturel, M. X., et reconnaissait le substituer en tout, notamment pour toute action en justice au sujet de ses droits éventuels ou acquis dans l'héritage en question. Il ne restait plus qu'à mettre le nom du défunt et son domicile.

— Sommes-nous d'accord? demanda l'acheteur.

— Oui, répondit Madeleine, mais vous ne m'avez pas encore dit quel était le nom de mon père.

— Signons d'abord, répondirent-ils, nous mettrons le nom ensuite c'est l'usage en ce genre d'affaires....

Et Madeleine signa avec un bon et approuvé écrit d'une main nerveuse. Les billets bleus rangés par paquets étaient déjà sur la table. Depuis quelque temps leur présence hypnotisait en quelque sorte la coquette et frivole enfant. On les lui compta lentement. Il y avait neuf paquets de dix billets de mille francs et cinq paquets formés de billets de cent francs. Elle les cacha dans son corsage. Une ivresse montait en elle.

— Nous allons maintenant, dirent les deux compères qui avaient la plus grande peine à dissimuler leur joie, nous allons compléter l'acte en inscrivant à sa place le nom de votre père défunt. Peut-être ce nom a-t-il déjà frappé vos yeux à la lecture des journaux. Il aimait le papier timbré. Il fut même autrefois (pardonnez-moi de vous le rappeler) le triste héros de poursuites retentissantes. Mais les tribunaux l'acquittèrent — à cause de la prescription. C'était le fameux Jaubert.

Ce nom encore tristement célèbre à ce moment-là était celui d'un des pires forbans de la finance cosmopolite. Son nom était synonyme de désastres et de malheurs. A cause de lui des familles s'étaient ruinées. Des hommes s'étaient suicidés, des femmes s'étaient perdues. Retors parmi les retors il avait su échapper aux poursuites criminelles. Les attendus du jugement des magistrats correctionnels en le renvoyant indemne l'avaient flétri à jamais. Son nom était synonyme de banquiste et de voleur.

Madeleine se souvenait vaguement de ce qu'avaient dit les journaux quand ce financier était mort. Eh quoi ! c'était cet homme-là qui était son père !

Elle se retira songeuse. Les paquets de billets bleus lui étaient maintenant moins légers sur la poitrine. De combien de crimes, de vols et de suicides cet argent était-il le prix !...

Mais il y a une griserie dans la possession d'une grosse masse d'or. Madeleine secoua la tête. Que lui importaient après tout les malheurs des inconnus ? N'était-elle pas jeune, jolie, riche ? tout l'avenir lui appartenait ! Et elle héla une voiture pour retourner à Montmartre jouir de son triomphe au milieu de la noce.

Pendant qu'elle roulait en fiacre les deux compères tombaient dans les bras l'un de l'autre.

— Sauvé ! disait l'un, notre fortune est faite !

— Oui, oui, répondait l'autre, c'est au bas mot deux millions....

Et leur basses physionomies d'hommes d'affaires sans scrupule exprimaient une joie odieuse et brutale.

Une satisfaction sans limite éclatait dans chaque trait de ces faces de recors : ils venaient de dépouiller une jeune fille et d'acquérir le droit de frustrer de leurs espérances les malheureux et les malheureuses escroqués par un bandit. La journée était magnifique.

VIII

Comme d'habitude, après la cérémonie à l'église,
les parents et les amis des deux mariés s'étaient
réunis dans un restaurant au-dessus d'un marchand
de vins, pour y fêter, la fourchette et le verre en
mains, le bonheur des deux époux. Comme on le
pense bien l'aventure du matin était le sujet principal
de toutes les conversations. Quand Madeleine arriva
le repas était déjà plus qu'à demi terminé. Il pouvait
y avoir une trentaine de personnes. Les mariés oc-
cupaient le centre de la table disposée en forme
de T. Le patron de Jeanne et de Madeleine avait per-
mis à son fils d'aller le représenter. La grande es-
time où il tenait Jeanne qui était une de ses meilleures ouvrières lui avait dicté cette mesure particulièrement aimable et à laquelle d'ailleurs l'insistance
de son fils n'avait pas été étrangère. Il avait aussi
envoyé le matin du mariage une très belle corbeille
qui décorait la table et un assez joli bijou. Le fils de
M. Darnaillé était à la droite de la mariée. Les parents des jeunes époux se tenaient en face l'un de
l'autre au milieu de la partie de la table perpendicu-
laire à celle des époux et les invités selon leur âge

étaient à la table des uns ou à la table des autres.
Le repas était très gai.

Lorsque Madeleine entra d'un air triomphant tout
le monde alla vers elle.

— Eh bien ? eh bien ? qu'est-ce qu'on vous a dit ?
est-ce que vous devenez riche ? qu'est-ce que vous
allez faire ? quel changement ! quelle aventure !

Toutes ces questions, toutes ces exclamations,
cent autres encore l'assaillaient comme une grêle.
Des gens voulaient l'embrasser. Les vieilles femmes
au premier rang. Un seul demeurait à l'écart. C'était
le frère du marié, il était resté à sa place, très grave,
très absorbé. Il sentait que cette fortune subite éloi-
gnait de lui à tout jamais celle qu'il ne pouvait cesser
d'aimer. Il souffrait affreusement.

Madeleine fendit la foule pour atteindre les mariés.
Ils s'embrassèrent tumultueusement. Et Madeleine
raconta ce qui venait de se passer. Par un instinct
secret cependant elle tut le nom de son père. Elle
disait : un grand financier, et tout le monde ébahi,
debout, la table et le repas momentanément délais-
sés, écoutait avec passion.

C'était comme un conte de fée brusquement sur-
venu dans la réalité. Les femmes poussaient des in-
terjections d'étonnement et d'admiration, les hommes interrompaient par des retours sur eux-mêmes.

— Si cela pouvait m'arriver !...

— Ah ! ce n'est pas à moi que ces choses là arri-
veraient !

Un gros monsieur en redingote, sorte de demi-bourgeois prétentieux et vain, se faisait remarquer de tout le monde par le nombre de ses questions. Il avait déjà ennuyé ses voisins depuis le début du repas par ses récriminations contre la malchance qui l'avait poursuivi toute sa vie. Il s'était apitoyé sur sa fortune d'autrefois; il avait décrit l'appartement luxueux où il avait jadis habité, et longuement énuméré les œuvres d'art et les tableaux qui décoraient cette demeure.

Il était le plus ardent à écouter Madeleine. Quand celle-ci déclara avoir renoncé au reste de la succession pour toucher immédiatement la somme de cent mille francs, deux partis se formèrent parmi les assistants.

Les uns la louaient sans réserve d'en avoir terminé tout de suite pour une somme si magnifique, d'autres disaient qu'elle avait eu tort et qu'elle aurait peut-être pu obtenir encore davantage.

Mais quand elle tira de son corsage successivement, lentement, ses paquets de dix-mille francs et qu'elle les déposa comme un jeu de cartes prestigieux, il n'y eut plus momentanément qu'un silence d'admiration. Il n'y avait peut-être pas un assistant qui eût vu d'un seul coup une si grosse somme sur une table. Personne n'osait toucher bien que tout le monde en eût envie. Tous les visages, tous les yeux étaient fixés sur cette fortune. On eût dit que chacun retenait sa respiration. L'or, l'or magique opérait son sortilège éternel... Un à un dans le même ordre, Madeleine remit dans son corsage les précieuses petites liasses. Et l'on se remit à table, très impressionné, comme si l'on avait assisté à je ne sais quelle cérémonie religieuse. Le dieu suprême était apparu. Il demeurait invisible et présent. Une vague sensation de divin planait au-dessus des têtes.

— Qu'on apporte le meilleur champagne ! s'était écriée Madeleine et qu'on le fasse couler à flots !

Elle s'était assise à la droite du fils Darnaillé. Celui-ci ne la quittait plus des yeux. Et sans crainte de la compromettre, peut-être même (car il était sans scrupule), avec l'intention de la compromettre, il l'accablait d'attentions et de toutes sortes de galanteries.

Madeleine l'écoutait et se grisait de ses paroles.

Elle vivait depuis le matin dans un monde supra-réel. De temps en temps cependant une pensée, comme un remords lui revenait à l'esprit. Qui avait-elle frustré en acceptant ainsi l'héritage de son père ? Est-ce qu'il y avait vraiment des malheureux qui s'étaient tués à cause de cet argent qu'elle portait là sur sa poitrine ? Une autre pensée aussi revenait de temps en temps comme une obsession intermittente mais tenace : Est-ce qu'elle n'aurait pas dû offrir une de ses liasses à ses parents adoptifs ? Pour son amie, Jeanne, encore était-elle hors de besoin puisque son fiancé s'était fait une vraie situation, et qu'elle avait maintenant un très bon métier. Mais à sa mère adoptive, à ce brave père Casimir n'aurait-elle pas dû offrir tout de suite un de ses petits paquets ?

Mais il ne faut pas grande faculté d'observation pour remarquer, dans la vie, que l'or possède ses détenteurs bien plus qu'il n'est possédé par eux. On devient dur quand on devient riche, et l'égoïsme s'exacerbe.

Madeleine ne voulait pas s'avouer qu'il lui eût été trop pénible de se départir tout de suite d'une partie de son argent. Elle se raisonnait avec complaisance :

— Oui, oui certainement, se disait-elle, je le ferai, mais pas tout de suite... pas tout de suite... Et elle ne sentit pas que s'il n'y avait dans le cœur de ses parents adoptifs aucun sentiment de cupidité — tout de même la façon dont elle avait remis dans son corsage les liasses de billets de banque avait attristé — comme un nouveau signe d'ingratitude — sa sœur, son beau-frère et ses parents d'adoption...

Ce ne fut que vers la fin du repas que quelqu'un s'enhardit enfin à lui demander :

— Mais enfin, après tout comment s'appelle-t-il cet aimable trépassé ?

L'expression ne choqua personne, sauf peut-être Jeanne et la mère Casimir qui étaient d'âme délicate. Personne n'avait encore pensé qu'il y eût quelque chose d'indécent, de la part d'une jeune orpheline, à manifester tant de joie de l'héritage de son père.

— Mais oui, dirent quelques voix, dites nous comment il s'appelait !

Madeleine était gênée. A cette question si directe elle ne pouvait ne pas répondre. Mais elle sentait aussi que le nom du financier pouvait être mal accueilli. Il fallait le prononcer cependant. Il n'y avait aucun moyen d'éluder la question.

Elle dit entre ses dents.

— Mon père s'appelait Jaubert.

— Jaubert ? s'écria le gros Monsieur sanglé dans sa redingote, Jaubert... dites-vous ? est-ce que ce serait celui que j'ai fait passer en correctionnelle ?

— Je ne sais pas répondit la jeune fille... mais, comme se reprenant car elle avait un peu honte de le renier déjà... d'ailleurs il a été acquitté...

— Acquitté ! rugit le Monsieur, acquitté par ce que ses faux remontaient à plus de dix ans ! mais nous nous trompons tous les deux, non il n'est certainement pas possible que vous soyez la fille de ce gredin abominable ! Voyons Mademoiselle, dites-moi, on vous a lu son testament !

Tout le monde faisait silence et Madeleine répondit :

— Certainement qu'on me l'a lu. Et il m'a institué légataire universelle...

— Encore un mot, reprit l'autre ; disait-il, ce testament, que si la fille naturelle qu'il instituait ne pouvait être retrouvée, sa fortune mal acquise devait être remboursée dans les proportions de leurs pertes aux dupes et aux malheureux qu'il avait volés ?

— Oui répondit la jeune fille, il y avait quelque chose comme cela dans le testament. Mais rien ne prouve que vous disiez vrai et que mon père soit un voleur !

— Ah ! c'est un comble ! cria t-il, ah ! vous êtes l'héritière de ce forban, de ce bandit ! ah ! c'est vous qui venez nous enlever notre dernière bouchée de pain ! car nous allions être remboursés, entendez-vous, nous allions être indemnisés !

Ce n'est pas cent mille francs que laisse cette fripouille c'est plus de deux millions, peut-être trois, on ne sait pas, ah ! nous sommes encore joués !

Il gesticulait, furieux. On s'empressa autour de lui, on s'efforça de le faire taire. Mais les poursuites contre Jaubert avaient fait un tel tapage que tous les assistant étaient au courant de l'affaire. On savait que la plainte du pauvre homme n'avait été que trop justifiée. On le comprenait, on le plaignait. La situation était intenable... Le malheureux détroussé racontait à tout le monde comment il avait été volé. Il précisait les détails, il citait toutes les dates. Mais comme un silence de mort commençait à l'entourer.

Il s'arrêta brusquement.

— Au revoir, Mam'selle l'héritière ! cria-t-il en guise d'adieu.

Et jetant sa serviette sur la table dans un geste de fureur, il sortit avec fracas.

Tout le monde se regardait. La fête tout à l'heure si joyeuse se terminait tristement, Madeleine était muette.

Il n'y eut que Darnaillé fils qui se conduisit gentiment. Il continua à entourer Madeleine de ses prévenances les plus assidues.

— C'est un butor, disait-il, il a bien fait de partir !

Mais on se sépara bientôt. Il n'y avait plus d'entrain. Et ce fut avec Darnaillé que Madeleine sortit. Il fallait bien qu'elle eût un bras sur lequel elle pût s'appuyer !

Après avoir réglé la dépense du champagne, Darnaillé disait en sortant : — As-tu vu comme ils t'ont abandonnée ? à mon avis ces gens-là ne t'ont jamais aimée... il n'y a que moi qui t'aime, ma bonne chérie...

IX

Jean et Madeleine, se promenaient le lendemain comme de jeunes conquérants dans une ville soumise. Elle s'appuyait sur lui.

— Où veux-tu que nous allions ?

— Allons d'abord, dit Darnaillé, mettre en sûreté ton argent.

Il arrêta une voiture.

— Cocher, conduisez-nous au Crédit Lyonnais !

Chacun sait qu'il y a dans le sous-sol de cet établissement de crédit de grandes armoires de fer divisées en compartiments plus ou moins grands et qui sont mis à la disposition du public moyennant un prix de location. Darnaillé choisit pour Madeleine une toute petite case qu'il s'assura pour un an.

— D'ici un an, dit-il, nous aurons choisi les meilleurs placements pour ton capital. Et ici nous sommes assurés, en attendant, contre tout risque de vol ou de perte.

Madeleine déposa soigneusement ses petites liasses dans l'étroite case de fer mais retira du dernier paquet un billet de mille francs que Darnaillé changea aussitôt à l'un des bureaux pour payer le prix de location de la case pendant un an.

Après un dernier coup d'œil à sa fortune, Madeleine fit claquer la petite porte. Darnaillé lui montra alors comment, avant de tourner la clef dans la serrure, on compose un mot avec les quatre alphabets tournants afin que, même avec la clef, personne ne puisse ouvrir la case avant d'avoir reconstitué ce mot. Madeleine écoutait avec admiration. Dans ce vaste bâtiment, au milieu de ces coffres-forts qui contenaient des millions elle se sentait devenue une personne considérable. Elle choisit pour mot de sûreté le prénom de son amant, Jean, puis ferma soigneusement la petite porte à double tour, passa sa clef dans un cordon de moire, se la glissa autour du cou, la glissa dans son corsage, et tous deux repassèrent devant les gardiens attentifs, très droits, très fiers, portant très haut le sentiment de leur dignité.

Quand ils furent sur le boulevard ils se demandèrent :

— Où allons-nous maintenant ? et firent quelques pas du côté de l'opéra. Toutes sortes de projets se présentaient à leur esprit. Il pouvait être cinq heures et demie. Le soleil commençait à se rapprocher de l'horizon du côté de l'arc de triomphe, mais il irradiait encore sur presque toute la ville et baignait les promeneurs de ses tièdes rayons d'or.

— Ce dont j'ai le plus envie, dit Madeleine à son ami, c'est d'aller me commander une belle robe rue de la Paix.

— Tu as raison répondit celui-ci c'est ce qu'il y a de plus urgent.

Ils y allèrent à pied. De temps en temps Madeleine palpait sous le corsage l'élégante petite clef d'acier qui lui était la preuve tangible qu'elle n'était victime ni d'un rêve ni d'une hallucination. Et quelle émotion aussi quand elle se trouva devant la maison du célèbre couturier ! Elle contempla avant d'entrer les hortensias artificiels qui fleurissent les barres d'appui et les stores à franges rouges qui décorent toutes ses fenêtres. La magnificence des salons, l'amabilité empressée des vendeuses, la dextérité du coupeur prenant mesure, tout ravissait Madeleine. Elle commençait l'apprentissage de la vie fastueuse qu'elle avait si longtemps rêvée. Les pièces de soie, d'étoffes brochées et de fantaisies en tous genres que l'on déployait devant elle se succédaient comme une sorte de fantasmagorie. De temps en temps, quand un dessin avait paru lui plaire davantage, une belle jeune fille que dans ces magasins on appelle « mannequins » s'en drapait harmonieusement et se promenait toute parée dans le salon pour faire chatoyer les nuances et faire valoir les lignes.

Madeleine regardait et se décida enfin pour une robe un peu trop voyante (comment y eût-elle résisté ?) d'une magnifique couleur rouge sombre rehaussée de soutaches noires. On lui promit le premier essayage pour le samedi suivant. Elle aurait voulu dans son impatience qu'une main de fée eût cousu la robe instantanément !

Elle choisit ensuite un manteau de velours noir avec parement de loutre et un manchon de même fourrure. Ensuite, pour que la toilette fut complète, ils traversèrent la place Vendôme et dans l'angle opposé de la place ils allèrent choisir un chapeau en harmonie avec la robe et le manteau. Quelle volupté exquise que celle de choisir des étoffes, d'essayer des coiffures, de manier des rubans! Madeleine en jouissait délicieusement. Ce chapeau lui allait à ravir. Sa beauté brune en paraissait plus mat et plus distinguée. Elle se regardait dans les miroirs de face, de profil, de trois-quarts. Rien n'était trop cher, rien n'était trop beau. Elle commençait à vivre !

Et son plaisir était multiplié par la flatterie professionnelle des employées de magasin qui n'épargnaient pas les exclamations et par l'admiration empressée de Darnaillé. Comment eut-elle résisté au plaisir de coiffer tout de suite et d'emporter sa nouvelle acquisition ? Mais quand on lui demanda où l'on devait porter le chapeau qu'elle laissait, elle eut la même hésitation qu'elle avait eue déjà quand on lui posa chez le couturier une question analogue.

Et, de nouveau rougissante à la pensée d'avouer l'humble demeure de ses parents adoptifs, elle donna pour adresse la banale maison meublée où elle avait coutume d'aller avec son amant passer ses heures de liberté.

— Tu vois, disait le jeune homme en sortant de chez la modiste, il faudra que dès demain nous nous mettions à la recherche d'un appartement convenable. Et nous nous y installerons ensemble. Car maintenant je ne te quitte plus. Autrefois mon père aurait eu une apparence de raison en me refusant son consentement à notre mariage, il n'en aura plus maintenant. Nous sommes l'un à l'autre pour toute la vie !

— Oui, mon amour, quel bonheur ! lui répondait Madeleine. Maintenant que nous sommes riches comme nous allons être heureux !

Il pouvait être sept heures, la nuit était descendue. Ils revinrent vers l'opéra. On jouait « Les Huguenots ».

— Si nous y allions, dit Madeleine ?

Darnaillé acquiesça. N'était-ce pas le meilleur emploi de la première soirée ? Ils louèrent une loge entière. Et comme ils n'avaient faim ni l'un ni l'autre ils se contentèrent pour dîner de se faire servir à la « Maison dorée », du caviar, un perdreau, une bouteille de champagne, et quelques fruits ou desserts.

Vers minuit, quand il fallut rentrer, Madeleine ne commanda qu'à regret au cocher de la conduire à Montmartre. Ah, certes, si elle eût osé, comme elle eût préféré passer la nuit avec son Jean ! mais malgré toute son insistance elle voulut tout de même rentrer.

— Demain, disait-elle, demain je serai toute à toi.
Mais aujourd'hui je ne puis pas ne pas rentrer.
Songe qu'ils m'ont élevée pendant vingt et un ans !
Ce serait les quitter trop vite et trop brutalement...
déjà je me reproche un peu d'être partie ce matin en
leur disant à peine au revoir...

La voiture l'emporta donc. Mais elle avait le cœur
serré en rentrant dans l'humble maison. Sa mère
adoptive l'avait attendue. La maison paraissait dé-
serte. Madeleine eut l'impression d'un grand froid et
d'une sorte d'hostilité encore latente.

La mère Casimir avait la sensation d'avoir perdu
ses deux filles le même jour, et d'avoir fait une ingrate de celle qui lui devait le plus de reconnaissance.

— Si c'est comme cela qu'ils me reçoivent, pensait Madeleine en rentrant, je regrette bien d'être
revenue...

La chambre où elle avait dormi si longtemps à
côté du lit de Jeanne lui parut plus terne, plus froide
et plus triste que jamais. L'absence de la jeune mariée, le silence profond, et un je ne sais quoi de
changé tout lui rendait plus sensible cet isolement
et cette tristesse.

— Je n'étais pas faite, se dit-elle, pour vivre dans
ce milieu-ci ! La Polonaise avait raison. J'avais besoin
d'ouvrir les ailes !...

Si elle eut fait en s'endormant le compte de ses
dépenses, elle se fut aperçue que le premier billet

de mille francs s'était déjà évaporé. Mais elle ne songea, en attendant le sommeil, qu'à sa robe rouge sombre soutachée de ganse de soie, à son manteau bordé de loutre, au linge fin qu'elle achèterait et à l'élégant entresol qu'elle allait choisir et meubler avec son aimable Jean pour y attendre sans ennui le jour de leur mariage.

X

Quand Madeleine retrouva son amant, elle s'étonna que sa première question fut celle-ci :

— As-tu lu les journaux ?

Et comme elle lui répondait non, il lui tendit un paquet de feuilles dépliées. Dans chacun de ces journaux était publiée au moins une note sur « l'héritière de la succession Jaubert. » Quelques-uns racontaient en termes plus ou moins exacts l'incident de la veille au repas de noces. Presque tous donnaient des détails fantaisistes, entièrement inexacts. Il en était un qui racontait à la suite de quelles recherches policières elle avait été retrouvée — un autre avait appris et disait le nom de l'agence qui avait été l'intermédiaire.

Ils parlaient d'elle comme de la gagnante d'un gros lot de tombola, et la triste célébrité du financier Jaubert rendait plus piquante la découverte de cette enfant abandonnée et la déconvenue des victimes de l'escroc. Aucun journal ne relatait la transaction signée par Madeleine. Ils se répandaient par conséquent en évaluations possibles sur l'actif de la succession. Les uns disaient deux millions, d'autres allaient jusqu'à dix millions. Un journal annonçait qu'il dépêchait vers la jeune héritière son reporter le meilleur. Mais le *Gil Blas* offrait le mélange le plus curieux d'informations romanesques et de bons renseignements. Il racontait notamment que la jeune héritière avait été vue dès la veille au soir dans une loge à l'Opéra où son élégance et sa beauté avaient été d'autant plus remarquées qu'on ne s'attendait point à rencontrer chez la fille adoptive d'un marchand de vins une telle distinction naturelle. Elle était accompagnée, disait encore l'échotier, de l'un de nos plus élégants sportsmens M. Jean D.....é et le jeune couple était l'objet de la curiosité et de l'admiration générale.

Madeleine ne s'était point aperçue qu'elle eut été l'objet de tant d'admiration, elle savoura cependant la flatterie comme un mets délicieux.

— Il faudra que nous nous abonnions dit-elle.

— Certainement, répondit Jean. Ils ont toujours été très gentils pour moi dans ce journal. Je connais beaucoup la maîtresse du directeur. Je te présenterai...

Mais ce qui désola Madeleine jusqu'à lui gâter presque tout son plaisir : ce fut d'apprendre que la succession se monterait peut-être à plusieurs millions. Aurait-elle été trompée ? plus encore — aurait-elle été volée à ce point ?

— Sans doute disait Darnaillé, tu t'es trop pressée d'accepter. Mais nous verrons s'il n'y a pas moyen

de faire annuler pour ignorance cette renonciation
à la succession. Nous irons chez un homme de loi.
Et d'ailleurs entre nos mains ton capital ne restera
pas improductif. Nous allons lui faire produire des
intérêts sérieux !

Ce qui chagrina encore Madeleine, ce fut le doute
qu'émettaient certains journaux sur la question
de savoir si une jeune fille honnête et de quelque
délicatesse de sentiment oserait accepter la succession d'un voleur connu pour tel et frusterait par conséquent les volés de leur dernier espoir. Le rédacteur
s'attendrissait sur le désespoir des centaines de victimes. Il bourrait son article assez remarquablement
documenté d'éloges délicats sur l'honnêteté familiale
de la famille adoptive de l'héritière, sur l'influence
bienfaisante de l'excellent M. Casimir et de l'éducation religieuse, il concluait que la jeune fille aurait
probablement assez de délicatesse pour refuser la
succession. Telle était la thèse de ce rédacteur. Il y
avait enfin un journal de combat — « la *Petite Répu-
blique* » — qui concluait dans le même sens, mais
avec une extrême violence Il faudrait que cette pré-
tendue héritière fut dépourvue de tout sens moral,
disait l'article d'ailleurs anonyme, pour accepter une
telle succession, dans de telles conditions. Et le journal énumérait longuement les indélicatesses, les es-
croqueries, et les faux commis par le père Jaubert —
les poursuites dont il avait été l'objet — et les cruels
attendus du jugement qui l'avait acquitté en consta-

tant que la prescription ne permettait pas de le frapper comme il eût été juste de le faire.

— Ne lis pas ça, ne lis pas ça, disait Darnaillé en voyant le visage de Madeleine s'assombrir progressivement.

Ce sont des mensonges et des calomnies.

Mais Madeleine sentait qu'il n'y avait pas que des mensonges et des calomnies dans cette énumération unanime — elle voulut lire jusqu'au bout. Et comme elle était trop jeune pour être déjà tout à fait pervertie comme l'était Darnaillé, elle eut, aiguë et douloureuse, la sensation que cette fortune allait lui valoir en même temps que la haine de tant de malheureux, le mépris des honnêtes gens.

— Que tu es sotte! lui disait Jean. Quand on a de l'argent tout le monde vous respecte. Tu vois combien le *Gil Blas* parle de toi avec admiration. Les autres journaux se tairont peu à peu. Tout s'oublie. Et nous, en faisant fructifier notre capital — nous nous mettrons au-dessus des commérages des sots. Que serions-nous si nous avions refusé l'héritage? moins que rien! Que pouvons-nous devenir au contraire? les rois de Paris! allons faire nos emplettes et choisir un appartement...

Mais cette seconde journée fut moins belle que la première. Madeleine n'était heureuse que par éclaircies. Elle se sentait vaguement oppressée par je ne sais quelle tristesse. Darnaillé ne parvenait pas à la dérider tout à fait. Elle éprouvait quelque chose

d'obscur et de confus qui ressemblait à un remords.

— Ecoute, dit-elle enfin, vers le milieu de l'après-
midi, l'argent que j'ai, je le garde, mais je ne veux
pas qu'on puisse m'accuser d'avoir été ingrate envers maman Casimir. Je veux aller lui porter une
somme sérieuse. Combien vais-je lui donner ?

Darnaillé combattit avec vigueur cet excès de
scrupules. Pourquoi donner tout de suite une grosse
somme, puisqu'il pouvait arriver qu'on en eût besoin?
pourquoi le donner en tout cas avant d'avoir commencé les placements avantageux? Qu'elle donnât
tout de suite quelques centaines de francs, si elle
voulait, voilà qui était raisonnable, mais ce n'était
vraiment pas le moment de se départir d'une fraction
importante du capital nécessaire. Il fallait se défendre contre ses propres entraînements...

Mais Madeleine tînt bon. Il lui semblait que ce don
la délivrerait de l'oppression vague dont elle souffrait. Elle avait besoin de se libérer.

Ils retournèrent donc dès le lendemain à la petite
case du *Crédit Lyonnais*, Madeleine y prit cinq billets de mille francs et se fit conduire à Montmartre.
Darnaillé l'accompagnait. Il resta dans la voiture
pendant que Madeleine descendait, mais il remarqua
que sa présence devenait l'objet de l'attention et des
commentaires d'un groupe passionné qui se trouvait
dans le cabaret. Madeleine était passée par le couloir
extérieur.

Les personnes que Jean avait vu disparurent de la vitrine.

Or, vingt minutes environ après qu'elle fut entrée, Madeleine sortit bouleversée, entourée d'un groupe d'hommes et de femmes dont les uns étaient suppliants, tandis que d'autres vociféraient. Elle monta brusquement et se jeta dans le fond de la voiture sans se retourner. Le cocher comprenant qu'i fallait partir tout de suite fouetta ses chevaux.

Une fois hors de vue Madeleine raconta. En entrant, elle avait rencontré Mme Casimir, seule dans l'arrière-boutique.

Celle-ci l'avait accueillie d'abord avec la même froideur qu'elle avait montrée la veille au soir quand Madeleine était rentrée si tard. Puis au bout de quelques mots et bien que la jeune fille se fût efforcée de se montrer très aimable, la brave femme n'avait pu se contenir plus longtemps. Elle avait vivement reproché à sa fille adoptive son manque d'affection depuis déjà longtemps, son manque d'égards depuis que cette succession lui était échue, et sa conduite scandaleuse avec Jean Darnaillé. Non seulement elle s'affichait cyniquement avec lui, mais depuis déjà des mois (car elle savait maintenant toutes les irrégularités de Madeleine), elle était la compagne de plaisirs et la maîtresse du fils de son ancien patron !... Comme toutes les femmes du peuple quand elles en ont trop sur le cœur, elle avait tout dit — non sans brusquerie ni énergie dans les termes.

A cet accueil imprévu, Madeline avait à peine ôsé
dire le but de sa visite. Elle l'avait fait cependant
pour répondre au reproche d'ingratitude. Mais la
mère Casimir avait refusé de très haut la somme qu'on
lui offrait.

— Je ne veux pas de l'argent volé, avait-elle dit,
Tu aimes mieux te vanter d'être la fille de Jaubert que
de t'avouer notre enfant adoptive. Libre à toi de
faire ta vie comme il te plaira. Mais nous n'accepte-
rons rien de cette fortune là.

Et c'était à ce moment qu'étaient rentrés dans l'arrière-boutique des gens qui venaient du débit de vins
et qui tout de suite demandèrent à Madeleine s'il était
vrai qu'elle eût accepté la succession de Jaubert.

Elle avait d'abord voulu éluder leur question. Mais
ils l'avaient pressée de si près et tellement suppliée
ou même menacée qu'elle avait fini par avouer une
partie de la vérité. C'est alors que les uns commencèrent presque à l'injurier, tandis que les autres con-
tinuaient à la supplier pour qu'elle les sauvegar-
dât.

Elle avait fui devant ce débordement de prières et
de reproches. Elle en était bouleversée.

— Tu n'as que moi, je te l'ai dit, répéta Jean
Darnaillé.

— Oui, mon chéri, je n'ai que toi, répondit Madeleine en l'embrassant avec passion.

Ils revinrent ainsi vers la rue du Faubourg Saint-
Honoré. Une agence de location avait indiqué à Jean

trois ou quatre appartements dont il avait vu les plans et qui paraissaient devoir leur convenir. Ils avaient hâte d'être chez eux.

Ils se décidèrent pour un élégant entresol dans l'une des rues qui avoisinent la place Beauvau. L'appartement était relativement petit, mais extrêmement coquet. Trois belles pièces sur la rue, deux petites pièces sur la cour, une cuisine et une vaste antichambre. Ils l'arrêtèrent séance tenante et versèrent tout de suite le premier terme des trois mille francs de loyer et cinquante francs de denier à Dieu. Comme Jean connaissait un tapissier qui lui avait déjà meublé une ou deux garçonnières dans le temps de ses premières folies, ils se rendirent chez lui immédiatement et achetèrent successivement un salon doré — une salle à manger — une chambre à coucher du dernier confort et une sorte de cabinet de travail où Darnaillé se proposait de recevoir les hommes d'affaires avec qui il traiterait ses opérations.

Ce qui parut devoir être le plus long fut de choisir les tissus de tenture et les papiers. Ils remirent ce soin au lendemain.

Madeleine s'émerveillait de la dextérité de Jean dans tous ces détails de l'installation. Il connaissait les bons marchands, il jugeait tout d'un coup d'œil de connaisseur, il réglait les prix avec une autorité d'homme qui a toujours été riche. Elle eut cependant un petit serrement de cœur lorsque Jean lui demanda de laisser comme acompte chez le marchand de meubles les cinq mille francs qu'elle avait rapportés de chez sa mère adoptive. Elle le fit pourtant sans observation.

— Ce que nous faisons en ce moment lui dit Jean pour l'apaiser, c'est nous assurer des instruments de travail. Quand nous serons élégamment installés, quand j'aurai renoué mes relations avec des hommes d'affaires importants tu verras de quelle considération nous allons être entourés ! nous mènerons tout de front : notre mariage, nos affaires personnelles — et le procès que nous allons intenter contre ces fripons de l'agence.

— Oui, oui, répondait Madeleine, et elle se pressait toute fière contre son Jean.

Avant d'aller dîner au café de la Paix ils rentrèrent s'habiller. Mais, comme en passant, Jean mena Madeleine prendre à nouveau un billet de mille francs dans la case du Crédit Lyonnais. Lorsqu'ils eurent dîné, après avoir assez longtemps hésité devant les annonces de spectacles de la quatrième page des journaux ils se décidèrent pour le Palais de Glace où l'on donnait ce soir là une fête de patinage.

La chambrée y était brillante, Madeleine en se promenant au bras de Darnaillé s'émerveillait de l'éclat des toilettes, de l'élégance des femmes mais plus en-core peut-être de voir combien de personnes son amant connaissait dans cette assistance brillante. A chaque instant il arrêtait un ami, disait bonjour à une femme, serrait une main tendue et présentait sa compagne comme la fille de Jaubert le grand financier si sottement calomnié. Dans ce milieu là le nom de Jaubert, Madeleine s'en aperçut tout de suite, ne soulevait aucune espèce de réprobation. On manifestait au contraire pour la succession qu'il avait laissée une parfaite admiration. Madeleine connut même tout de suite une sorte de popularité. Quelqu'un l'appela en riant : « Bonjour, la jolie Jaubertine », et le nom courut de proche en proche.

— Avez-vous vu la Jaubertine ? Elle est avec le fils d'un magasin de modes. Il annonce qu'il va l'épouser. C'est probablement un malin.

Vers minuit, dans la demi-rotonde, les deux jeunes gens avaient autour d'eux une douzaine d'amis intimes. Hommes et femmes les adulaient à l'envie. Le champagne coulait abondamment. C'était Darnaillé qui réglait avec l'argent de Madeleine.

XI

Cette vie dura un peu plus d'un mois.

— Quand nous aurons notre appartement, disait Darnaillé, nous nous ferons une vie intime. Mais puisque nous sommes en meublé, profitons-en pour nous amuser.

Et Madeleine qui n'aimait que trop son existence nouvelle n'essayait pas de résister.

Si elle eût été moins jeune, moins vaniteuse et moins légère, elle eût pourtant compris que la société dans laquelle Jean la menait n'était guère en harmonie avec un projet de mariage. Elle se fût demandée si le jeune homme était sincère en lui faisant cette promesse, et si, en admettant qu'il fût sincère, la fascination des cent mille francs ne le décidait pas plus que l'amour. Elle aurait pu se rappeler que jadis il n'avait jamais été question de mariage et que, peut-être, depuis qu'elle avait hérité, Darnaillé disposait de sa fortune un peu cavalièrement, mais allez donc demander de réfléchir à une petite ambitieuse qui trouve tout à coup un mari, une fortune et je ne sais quelle adulation dans un monde qui lui paraît à peu près le dernier mot de l'élégance et du luxe !

L'installation de l'appartement se faisait rapidement. En quatre semaines tout fût prêt. Et trois
jours après leur entrée en possession, ils invitèrent
leurs amis du Palais de Glace à venir pendre la cré-
maillère. Ce fut une fête charmante. Madeleine avait
mis sa nouvelle robe. Les invités se récriaient
sur le confort et le bon goût. Le buffet était somp-
tueux. Le succès fut éclatant. Cette première récep-
tion fut pour les deux jeunes gens la plus belle soirée
de leur vie.

— Toutes ces relations là, disait le lendemain Darnaillé en déjeunant avec Madeleine, c'est de l'argent
pour plus tard. On nous croit encore plus riche que
nous ne sommes. Par conséquent j'aurai du crédit.
Dans le commerce le crédit c'est la fortune. Et tu
ne te doutes pas du nombre d'affaires brillantes que
l'on me propose de tous côtés. Mais je ne veux rien
entreprendre dont je ne sois tout à fait sûr. J'ai de
l'expérience bien que je sois jeune. Et j'en remon-
trerais souvent à de plus anciens que moi !

Il expliqua alors longuement à Madeleine le mécanisme de la Bourse, comment les naïfs s'y lais-
sent rouler et comment les malins opèrent presque
à coup sûr. Si j'avais eu des capitaux, jadis, je serai
maintenant millionnaire ! C'est toi qui vas le devenir.
Avec les indications que je te fournirai tu auras
doublé ton capital d'ici quelques mois. Et qui sait ce
qui reviendra encore des millions du père Jaubert !
Madeleine écoutait tout avec une grande admiration,

XII

La première opération que Madeleine tenta selon les indications de Jean, rapporta deux mille francs. Le bénéfice vint à merveille. Il y avait plus de deux mois que les deux jeunes gens vivaient sans compter et Madeleine commençait à s'effrayer des visites de plus en plus fréquentes que l'on faisait à la petite case du *Crédit Lyonnais*.

— Qui ne risque rien n'a rien, répétait toujours Darnaillé quand Madeleine objectait que les dépenses quotidiennes et les notes des tapissiers, marchands de meubles, couturiers, tailleurs, bottiers, etc., finissaient par former un total exorbitant. Pour le moment ajoutait-il, nous jetons de la poudre aux yeux, nous prenons position dans le monde des affaires. Une fois les atouts en mains il ne nous restera plus qu'à abattre le jeu.

Il déployait d'ailleurs à aborder tous les genres d'opérations une activité fiévreuse. A tout moment de la journée il avait rendez-vous avec les lanceurs d'affaires les plus variées. Il s'intéressait en même temps aux projets d'un prospecteur qui prétendait avoir trouvé au Congo d'importants gisements d'or et à une société nouvelle pour le transport des boues et gravats dans l'intérieur de Paris. Si une entreprise de métallurgie émettait de nouvelles actions il voulait savoir par qui, comment, pourquoi ces capitaux étaient demandés. Les sauts brusques des valeurs sud-américaines lui donnaient à chaque instant le regret fiévreux de ne pas avoir profité des mouvements de hausse ou de baisse que presque toujours il avait prévus et prédits. Il s'agitait à l'aise dans ce petit monde bavard, impressionnable et mouvant qui bourdonne sous le péristyle entre onze heures et trois heures. Le malheur est qu'il s'occupait de toutes ces affaires sans aucun esprit de suite, sans aucune persévérance et pour le plaisir de causer, de briller, d'interroger et de se poser en donneur de conseils beaucoup plus que comme un capitaliste qui s'applique méthodiquement à se renseigner sur certaines valeurs.

Comme il était naturellement beau parleur, il racontait en détail à Madeleine non seulement aux repas mais vingt fois par jour, ce qu'il avait appris, les projets qu'il méditait et les affaires auxquelles il serait importun de s'intéresser. Peu à peu la jeune femme commençait à connaître le mécanisme des affaires à la corbeille ou à la coulisse. Elle écoutait d'abord avec intérêt puis avec passion, le récit des bénéfices fantastiques réalisés par ceux qui savent s'arranger. Et comme Darnaillé ne disait jamais deux mots sans prononcer le mot de prudence, elle s'accoutuma à l'idée qu'elle gagnerait toujours comme elle avait déjà gagné à son premier coup. Aussi, un matin, lorsque Jean déployant la *Cote Financière* lui dit sentencieusement :

— Cette fois nous pouvons acheter, je suis sûr de la hausse, je la sens, je la vois.

Elle alla sans regret entamer une nouvelle liasse de billets pour faire le dépôt nécessaire à l'opération. Il s'agissait de mines dans le sud de l'Afrique. Les vicissitudes de la campagne des Anglais contre les Boers faisaient subir à ces valeurs d'importantes fluctuations. D'un jour à l'autre les écarts étaient sensibles. Il y avait certainement une fortune à gagner pour le spéculateur mieux informé que les autres.

La grande majorité des donneurs d'ordre en cette période troublée croyait à la dépréciation fatale des entreprises industrielles sur le théâtre de la guerre. Outre une vague hostilité pour les capitalistes anglais la résistance héroïque des Boers, la tactique qu'ils avaient adoptée, les embarras et la pénurie d'hommes du gouvernement britannique, tout paraissait leur donner raison. Le marché s'en ressentait. Professant un avis contraire et s'associant à un groupe de financiers optimistes, Darnaillé se donnait les airs d'un esprit sans préjugés. Il disait volontiers que la résistance des Boers n'était que du feu de paille et que l'or de l'Angleterre désorganiserait bientôt ces bandes de paysans. Ce scepticisme un peu cynique lui donnait des airs d'homme supérieur.

Il croyait donc au maintien des cours avec des in-
termittences pour les mauvaises nouvelles.

Son calcul se trouva juste. Ce fut en jouant à la
hausse qu'il gagna sa première bataille. Et comme
il eut l'adresse d'intéresser directement Madeleine à
cette opération — qu'il la mit directement en rap-
ports avec le banquier-coulissier qui lui fournissait
ses renseignements et que la jeune femme eut
l'illusion de faire œuvre personnelle en donnant
ses ordres d'achat, il se trouva que leur premier
gain les combla de joie non seulement pour les
deux mille francs qu'ils touchèrent comme différence, mais parce qu'ils virent dans ce résultat
non la faveur aveugle d'un heureux hasard mais la
conséquence logique de leur perspicacité et de la
sûreté de leurs renseignements.

Pour fêter ce bénéfice ils invitèrent à dîner un
grand nombre de personnes et Jean offrit à Madeleine sur ce brillant résultat une broche en brillants,
et un voyage dans le midi.

XIII

Ce voyage sur la côte d'azur avait toujours été à l'arrière-plan de leurs projets comme une chimère brillante. Bien avant qu'ils ne fussent riches, quand ils parlaient d'un voyage de noces, ils énuméraient avec complaisance les villes illustres comme Nice, Toulon et Marseille, ou les délicieuses petites stations égrenées sur le rivage de la Méditerranée de Cannes à Bordighera. Monte-Carlo était pour eux comme l'opale plus chatoyante et plus belle que les autres de ce collier incomparable. Quand ils lisaient les échos leur regard courait tout de suite au courrier théâtral et mondain de ces petites villes cosmopolites. Il leur semblait que la quintessence du plaisir et de la mode devait se rencontrer là dans la société composite et bariolée des parisiens, des étrangers et de tout ce qui porte un nom dans la finance ou dans les arts.

Comment eussent-ils résisté à cette prestigieuse et constante attraction? Ils préparèrent leurs malles avec une joie exubérante, et ils partirent un soir par le rapide de neuf heures, ayant retenu leur wagon-lit et annoncé leur arrivée au meilleur hôtel de Marseille. Mais ils avaient si grande hâte de connaître les salles de jeu, les jardins et la terrasse de la petite principauté qu'ils ne demeurèrent à Marseille qu'avec une sorte d'impatience. Si belle, si débordante de vie, si pittoresque et si charmante que soit la grande cité phocéenne, porte de l'orient, et capitale tumultueuse des provinces du soleil, ils ne supportaient qu'impatiemment tout retard. Et quand ils arrivèrent enfin dans la célèbre petite ville ce fut pour eux comme une sensation d'orgueil, de joie et d'ivresse. Le respect des valets de pied qui leur prenaient leurs bagages avec un salut obséquieux, le roulement de la voiture spéciale qu'ils avaient commandée par la même dépêche qui annonçait leur arrivée, leur installation dans une vaste chambre confortable de l'hôtel le plus réputé, l'amusement à regarder par les grandes fenêtres, les fleurs, les pins, les palmiers, les plantes vertes aux feuilles presque démesurées et surtout le panorama magnifique de la mer toute bleue, toute baignée d'azur, et venant mourir si mollement sur un rivage embaumé qu'on eût dit une dernière caresse des vagues ensorceleuses. Ah ! l'ineffable et délicieuse impression !

— Nous ne demeurerons qu'une quinzaine de jours, avait dit Darnaillé, consacrons à ce séjour le produit de nos gains et, s'il le faut, quelques centaines de francs à valoir sur notre prochaine opération à la Bourse, mais faisons les choses largement, accordons-nous une quinzaine de grand luxe et de grande vie, ce nous sera un souvenir et peut-être encore un moyen de faire valoir notre crédit !

C'était la manière de ce jeune prodigue, en effe., que de se leurrer lui-même en donnant à ses folies les dehors d'un acte sérieusement réfléchi. Madeleine en était dupe. Elle admirait son amant et les résistances qu'elle avait faites d'abord aux dépenses exagérées devenaient plus molles de jour en jour et s'endormaient dans le mirage d'une grosse fortune prochaine.

Dès le premier soir ils assistèrent à l'un des concerts pour lesquels la presse de tous les pays répète à tous les échos une savante réclame. Madeleine, naturellement, avait revêtu sa plus belle robe, et elle était vraiment jolie avec son visage transfiguré d'orgueil et de joie, sa taille mince, sa croupe ronde et jeune, et l'élégance un peu maniérée de ses gestes devenus inquiets tant elle désirait avoir l'air grande dame. Darnaillé, d'ailleurs, avantageux et plastronnant, lui prodiguait les conseils. Leur vanité se trouva bientôt à l'aise dans ce monde bizarre où les nouveaux venus sont tout de suite l'objet de remarques, d'observations et d'un commencement de réputation. Madeleine avait du succès. Les hommes la regardaient du coin de l'œil, la détaillaient, et se penchaient vers leur voisin pour dire une appréciation qu'on sentait bien favorable.

Darnaillé jouissait de se voir l'objet de l'attention de quelques femmes. De temps en temps ils se communiquaient à demi-voix des réflexions étonnées et charmées.

Un espagnol chargé de bijoux, très beau garçon et élégant, se trouvait auprès du jeune homme. En lui offrant son programme il ajouta quelques renseignements sur les virtuoses qu'on allait entendre ; puis, comme Madeleine prêtait à ses renseignements l'attention la plus aimable il nomma l'une après l'autre les personnalités qui se trouvaient dans la salle et lança à propos quelques coups de chapeaux qui ponctuaient ses informations.

Jean et Madeleine étaient ravis que le hasard leur eût ménagé un si utile et si charmant cicerone. Grâce à lui ils furent mis en une heure au courant de toute la chronique mondaine et demi-mondaine. Pas une femme ne passait qu'il ne la nommât, n'estimât sa fortune, ses relations, son genre de vie, et ne contât les anecdotes ou les racontars dont elle avait pu être l'objet. D'une complaisance grandissante à mesure que s'établissaient entre eux des relations moins banales il proposa spontanément de faire visiter au jeune couple les salles de jeu, les salles de lecture, de repos, et toutes les œuvres d'art qui ont fait de ce palais une sorte de musée. Il tint à leur expliquer le mécanisme de la roulette et les combinaisons auxquelles se prête le jeu. Tout en le leur expliquant il jouait lui-même des billets de cinquante francs — selon des plans compliqués — et se trouva bientôt en gain assez considérable.

— Si l'on voulait jouer méthodiquement, disait-il, et avec les capitaux nécessaires, on jouerait presque à coup sûr. Beaucoup de joueurs gagnent ici chaque soir leur petite vie matérielle sans grande peine ni grand risque, mais je suis un fantaisiste, et je n'aime le jeu que par boutades et à l'aventure. Je ne serai jamais grand joueur parce que cela m'est égal de perdre ou de gagner. Pour aimer le jeu il faut avoir besoin d'argent. C'est mon malheur que d'en avoir trop !

Aux tables de trente et quarante il joua encore quelques billets bleus. Et comme Jean Darnaillé voulait suivre son exemple il l'entraîna dans un salon de repos et prit un air paternel :

— Cher Monsieur, lui dit-il, j'ai le triste avantage d'être beaucoup plus âgé que vous. Puisque vous venez ici pour la première fois vous me permettrez peut-être de vous donner un conseil. J'ai vu tant de mes amis se ruiner — perdre leur vie — et finir malheureusement à cause de cette passion ! Vous avez une femme charmante, vous êtes jeune, vous êtes heureux ; laissez-moi vous conseiller de ne plus toucher une carte — surtout ici où l'entraînement est si vif et irrésistible ! laissez-moi vous conduire souper, et vous me remercierez plus tard — bien que je sois encore pour vous presque un inconnu — de vous avoir donné, dès le premier soir, le bon conseil d'un aîné.

Madeleine, que ces salles surchargées d'ornements, ces toilettes, ces hommes silencieux, et toute cette masse d'or en roulement perpétuel sur les tables jeu impressionnait étrangement, remercia d'un ton ému l'étranger qui, dès ce moment, lui parût un vrai ami, et comme elle n'avait pas vu sans inquiétude le désir que Jean avait manifesté de jeter aussi sur la table quelques billets de cinquante francs, elle accepta avec joie de partir au restaurant.

La nuit était délicieuse, un souffle chargé de parfums venait de l'intérieur et se confondait avec la senteur marine, les palmiers découpaient sur le bleu profond du ciel leur silhouette un peu exotique, et la mer plus douce et plus noble qu'une jeune reine nonchalante faisait entendre un murmure léger et intermittent comme une respiration.

Cinq personnes attendaient au restaurant le fastueux espagnol. Deux de ses compatriotes, aussi beaux garçons et aussi distingués que lui, et trois dames en toilette décolletée dont deux étaient jeunes et paraissaient les maîtresses de leurs compagnons. La troisième beaucoup plus âgée mais dissimulant ses rides sous le fard, et somptueusement vêtue d'une toilette vieil or garnie de riches dentelles et rehaussée de diamants aux oreilles et de perles autour du cou s'appelait Madame Pallien. Elle fut présentée comme une riche Parisienne, habituée de toutes les capitales, et propriétaire de plusieurs immeubles dans le quartier des Champs-Elysées. De profil impérieux, les cheveux en broussaille relevés sur le haut de la tête et teints au henné, les lèvres minces, les yeux encore vifs elle inspecta le jeune couple d'un regard que le mouvement de la face à main portée à hauteur des yeux rendait inquisitorial. L'examen sans doute fût fort favorable, car elle se montra tout de suite d'une amabilité un peu protectrice à l'égard de Madeleine, et d'une coquetterie réglée à l'égard de Darnaillé.

Madeleine était trop enivrée pour saisir ces nuances. Elle vivait comme dans un rêve et, un peu de champagne aidant, la conversation devint si vive, si animée, si cordiale, qu'on eût juré, à voir ces huit convives autour de la nappe chargée de fleurs et d'argenterie, huit amis d'ancienne date.

On parla surtout du jeu. La roulette et le trente et quarante sont dans cette principauté un sujet de causerie inévitable et inépuisable. Chacun racontait les parties fameuses auxquelles il avait assisté. Le maximum de douze mille francs joué dix fois de suite et gagné dix fois par un anglais flegmatique, la banque sautant en même temps à deux tables de roulette, et ces longues histoires compliquées dont les dénoucments sont presque toujours le formidable enrichissement, ou la ruine des joueurs. Certaines histoires vraies mêlées à certaines légendes courent ainsi depuis la fondation du cercle à chaque saison. On racontait l'histoire du dernier représentant de l'une des plus grandes familles de France jouant ses derniers louis et surpris à faire la poussette, c'est-à-dire à tenir dans la main quelques pièces d'or que par un mouvement adroit il étale sur son enjeu lorsque le hasard l'a favorisé et qu'il garde au contraire entre les doigts lorsque la chance ne lui a pas été favorable. Pour sauver du scandale le malheureux surpris en flagrant délit il n'avait pas fallu moins que l'intervention personnelle du prince de Monaco, mais les personnes présentes avaient ébruité l'aventure et elle se répétait encore. On citait aussi l'exemple d'un banquier en déconfiture venant risquer sur la rouge ou la noire le sort de ses actionnaires en même temps que le sien propre. Ce banquier, d'un crédit aujourd'hui incontesté, était venu ainsi, disait-on, se refaire en une nuit de spéculations malheureuses, et ne portait aujourd'hui le front haut que grâce à une veine insolente.

Mais on disait aussi les drames, les désespoirs et les suicides dont ce coin de terre délicieux avait été le théâtre. Pas un journal ne rend compte de ces tragiques dénouements. Les hôteliers n'en disent mot, les commerçants sont muets, les gens du pays auraient peur de s'attirer des ennuis s'ils en parlaient autrement qu'entre eux et toutes fenêtres closes. Il n'y a pas d'obsèques ni de convoi funèbre qui puissent rien révéler. Les morts sont emportés la nuit, en silence, et sans appareil, les enquêtes sont menées sans bruit, rien ne transpire, rien ne se sait.

Mais il peut arriver qu'un joueur rentrant chez lui au milieu de la nuit trouve un cadavre, la tête trouée d'une balle et le revolver encore dans la main, des gens qui n'avaient point intérêt à se taire ont vu des pendus aux branches de ces beaux arbres si élégants, et c'est de mille récits, d'indiscrétions contradictoires et de témoignages formels que sont faits les bruits qui courent de bouche en bouche sans qu'on puisse savoir jamais en quoi ils sont vrais et en quoi imaginaires.

Mais ce sur quoi tout le monde se trouva parfaitement d'accord c'est que ceux qui jouent avec méthode et en suivant un système habilement combiné sont mathématiquement sûrs, étant donnés l'imprudence et le manque de ténacité de la plupart des joueurs, de réaliser de gros bénéfices.

Le plus ardent des convives était le plus jeune des trois étrangers. Il paraissait avoir une extrême habitude de toutes les combinaisons du jeu et il ne dissimulait pas qu'il devait à ces combinaisons le plus clair de ses revenus.

— Pourquoi la banque, disait-il, gagne-t-elle chaque année tant de millions mathématiquement, sûrement, par le seul fait qu'elle tient la banque? Est-ce à cause de la chance minuscule qu'elle se réserve sur un point déterminé? Mais elle gagne des centaines de mille francs même les soirs où pas une fois n'est sorti ce point favorable! Sa grande force est sa ténacité. Elle tient tous les coups, quels qu'ils soient, et elle se rattrape par conséquent de toutes ses pertes parce qu'il arrive toujours un moment où le joueur qui a perdu ne peut plus ou n'ose plus faire le paroli qu'elle fait, elle, constamment. Ajoutez

que la plupart des joueurs ne savent pas faire produire leur chance. Ils jouent petit jeu quand ils
gagnent et doublent leur mise quand ils perdent. En
partant de ce principe, et suivant certaine méthode,
si quelqu'un jouait méthodiquement non pour lui
mais pour un groupe de joueurs, suivant certaines
lignes déterminées, et s'il avait assez de capitaux
pour faire toujours paroli il gagnerait à coup sûr.

— Comment cela? par quel système? s'écrièrent
les autres convives, prodigieusement intéressés !

Alors, comme on avait bu le café et servi les
liqueurs et les cigares, le jeune espagnol trouva un
prétexte pour éloigner les deux jeunes femmes qui
ne pouvaient s'intéresser à une démonstration aussi
ardue que celle qu'il allait faire et se fit apporter une
table de roulette en miniature dont il s'était lui-même
servi pour ses recherches et qui se trouvait dans sa
chambre d'hôtel. Il l'installa sur la table desservie
et, les garçons étant également renvoyés pour éviter toute indiscrétion, il commença de longues explications.

Penchés sur la table, un crayon à la main, passion-
nément attentifs et maniant les jetons dont le tas
grossissait ou diminuait suivant les phases du jeu,
les six interlocuteurs écoutaient et suivaient les
explications.

De temps en temps l'un d'eux interrompait, il po-
sait une objection, il faisait une hypothèse et toujours
la réponse était donnée victorieuse, exacte, précise,

convaincante. Vraiment il y avait dans ce système ingénieux quelque chose d'ensorceleur. Madeleine elle-même y était prise comme Mme Pallien, comme Darnaillé, comme les autres. La démonstration était lumineuse, évidente, mathématique !

Mais comme l'heure s'avançait et que les premières lueurs de l'aube blanchissaient déjà les fenêtres quelqu'un proposa de remettre au lendemain la suite de la démonstration.

On nota donc exactement toutes les opérations qui avaient été faites, on inscrivit chaque mise fictive représentée par des jetons, on dessina un graphique des diverses fluctuations de la petite boule fatidique, puis on se serra la main en se donnant rendez-vous pour dîner ensemble le soir suivant.

— Nous nous recevrons à tour de rôle, avait dit l'amphitryon, et tous les amours-propres, de la sorte, se trouveront sauvegardés.

Il fut seulement convenu que chacun des assistants s'engageait sur son honneur à ne rien divulguer du système dont il venait d'apprendre les premières notions.

XIV

Madeleine et Jacques passèrent les journées sui-
vantes à visiter la Turbie, le cap Martin, Menton,
Cannes et même Bordighera qui leur donna comme
un avant-goût de la divine Italie. Tantôt seuls, tantôt
en compagnie de leur ami du premier soir qui, toujours plus aimable et plus généreux, entrait de plus
en plus dans leur intimité et s'instituait leur guide en
même temps que leur compagnon, ils firent autour
la petite ville les plus belles promenades et les plus
belles excursions. Mais chaque soir les ramenait à un
rendez-vous convenu pour poursuivre les expériences
du système méthodique.

Dans toutes ces promenades, d'ailleurs, la conversation après s'être dispersée sur mille sujets et s'être
parfois laissée glisser à des confidences réciproques
revenait fatalement aux alternatives du jeu. Il semble
qu'à cet air si pur et à cette lumière magnifique se
mêle une sorte de fièvre qui s'insinue lentement en
tous ceux qui vivent là. Savoir les gains, les pertes,
les trouvailles, les combinaisons nouvelles, cela
devient peu à peu comme un besoin essentiel auquel
on ne résiste plus. A plusieurs reprises Jean avait

risqué quelques louis sur la table de roulette et non seulement Madeleine ne l'en avait pas repris mais encore avait-elle suivi son jeu avec l'intérêt le plus passionné, exubérante de joie quand le coup avait réussi! La Fortune paraissait indécise à leur égard. Ils jouèrent d'assez fortes sommes sans réaliser d'un côté ou de l'autre une différence considérable. Leur ami les surprit dès le second jour, suivant les séries un crayon en main, et les gronda doucement.

— Mais puisque vous voulez absolument jouer, leur dit-il paternellement, pourquoi faites-vous comme les étourneaux et pourquoi ne vous attachez-vous pas à un bon et vrai système comme celui de notre ami?

Jean avoua qu'il avait tort mais qu'il n'osait pas aventurer le capital considérable nécessaire à l'entreprise.

— Alors, dit l'autre, ne jouez plus sans quoi fatalement vous perdrez! et il ébaucha un geste de philosophe.

A partir de ce moment un projet se forma dans l'esprit de Jean qu'avivaient encore chaque soir les conversations avec ses amis de rencontre et les démonstrations de plus en plus probantes de l'excellence du système. Puisque vraiment, en imaginant les séries les plus défavorables, les hypothèses les plus invraisemblables, on parvenait toujours sinon à gagner ou tout au moins à ne pas perdre pourquoi ne ferait-on pas une association de capitaux selon l'importance desquels les bénéfices seraient ensuite dis-

tribués? On avait d'autant plus de raison de s'y risquer que le promoteur de la méthode offrait sa
garantie personnelle en cas de perte, quelle qu'elle
fût.

Lorsque Jean s'ouvrit de ce projet à son ami, celui-
ci répondit d'un air détaché :

— Je suis à votre disposition, la garantie d'un
homme d'honneur qui sera, lorsque ses parents
seront morts le détenteur d'une des plus grosses for-
tunes d'Espagne suffit à tout apaisement. D'après le
calcul de toutes les probabilités un capital de soixante
mille francs serait suffisant si l'on ne commence que
par cinquante francs. Demandez à nos amis et à
Mme Pallien ce qu'ils ont l'intention de mettre à la
collaboration, j'y mettrai volontiers pour ma part
une vingtaine de mille francs.

En vingt-quatre heures tout fut réglé. Chacun devait apporter un capital de dix mille francs dont il
faisait le dépôt entre les mains de celui qui allait être
chargé de jouer pour tout le groupe. Un seul des
cinq associés s'engageait pour une somme de vingt
mille francs.

XV

Pour décider Mme Pallien à entrer dans l'association, Jean avait dû faire auprès d'elle une démarche personnelle. L'ayant prévenue de sa visite il la trouva dans une chambre d'hôtel luxueusement meublée et nonchalamment étendue sur un divan tout jonché de petits coussins de soie qu'elle écrasait de son poids. Elle portait une matinée de surah blanc s'évasant par le bas en plis innombrables, ornée de rubans et de bouillonnés. Les manches très larges laissaient entrevoir les bras qu'elle avait encore très beaux, et le tour du cou très dégagé laissait apercevoir la naissance des épaules et de la gorge. Coiffée d'une manière compliquée, ses cheveux rouges relevés par des peignes en écaille blonde, les yeux soulignés de noir, les lèvres marquées au crayon, les pommettes avivées de rouge, et un nuage de poudre parfumée couvrant le tout de son impalpable poussière elle semblait attendre un rendez-vous amoureux plutôt qu'un projet d'association.

Jean ne s'étonna pas trop de ce costume ni de cette attitude. Outre que sa fatuité de joli garçon trouvait toujours naturel qu'une femme eût envie de lui, il n'avait pas été sans remarquer tout le manège de coquetterie dont Mme Pallien l'avait entouré depuis qu'ils s'étaient rencontrés. Il sentait bien qu'il avait inspiré à cette femme déjà âgée un sentiment trouble où le désir de possession entrait pour la plus grande part. Il ne se sentait aucune envie de répondre à ce sentiment. Mais il ne se déplaisait pas à en constater la violence et la persistance. Ce jour-là encore lorsque, poussé d'ailleurs par ses co-associés, il avait annoncé sa visite, il sentait bien que, quelles que fussent les intentions de Mme Pallien à l'égard de la combinaison, il obtiendrait gain de cause avec un sourire et une pression de main.

Ce fut en effet ce qui arriva. Mme Pallien était défiante, elle n'aimait guère à mettre en des mains étrangères un capital même peu important, et elle eût certainement refusé si le jeune homme, à bout d'arguments, n'avait fait valoir la gentillesse d'un sourire qui découvrait des dents éclatantes, n'avait fait briller des yeux où se pouvait lire peut-être une promesse tacite, n'avait pris dans ses mains la main couverte de bagues qui tremblait à son contact.

Il emporta une promesse et laissa une déception. C'est pourquoi lorsque, le lendemain, au rendez-vous convenu pour le versement des capitaux, tout le monde se trouva réuni, la vieille coquette vint expliquer qu'à la suite de pertes récentes elle ne pouvait plus verser toute la somme qu'elle avait promise.

La réunion se tenait dans une salle de restaurant mise à leur dispositon. Ils étaient tous là présents, Darnaillé et sa maîtresse entourés amicalement, un ou deux autres lisant et discutant à mi-voix les tablettes quotidiennes de la roulette « Rouge et noir ». Quand Mme Pallien entra sa déclaration produisit chez les co-associés une sorte de stupeur. Des regards furent échangés qui accusaient une déception si aiguë et si douloureuse qui auraient donné du soupçon au moins méfiant s'il les avait remarqués. Rien ne fut épargné, tout fut mis en œuvre pour faire revenir la vieille femme sur sa décision soudaine. Jean joignait aussi ses instances à celles de ses amis, il avait peur maintenant que l'association avortât. Il était si sûr de sa réussite que, s'il l'avait pu, il aurait complété de sa poche l'apport de la vieille femme mais les dix mille francs qu'il apportait était, à quelques centaines de francs près, tout le reste de la somme par lui emportée de Paris. Il arriva même un moment où les instances furent si pressantes que, prise sans doute d'un soupçon, la vieille femme déclara qu'elle se retirerait entièrement si on insistait encore.

Alors ce fut un changement à vue, quelques mots d'espagnol furent prononcés rapidement et l'ami personnel de Jean déclara d'un ton détaché qu'il mettrait pour sa part vingt-cinq mille francs afin de constituer la somme nécessaire de soixante mille. Tout se trouva donc arrangé.

Chacun versa son apport pour lequel il fut signé rapidement des reçus préparés d'avance, Jean versa ses dix mille francs, Mme Pallien en donna cinq. Chacun des deux autres en donna dix et le caissier, chargé de payer, fut le principal intéressé. Il devait se tenir à droite du jeune homme qui jouerait pour tout le monde et poser lui-même les enjeux. Il était convenu que Jean se placerait à sa gauche et prendrait note de toutes les opérations.

Le soir même, à dix heures du soir, devait commencer la partie. On se donna rendez-vous devant la table de roulette.

XVI

Or le soir même, à dix heures, Jean, Madeleine et Mme Pallien se trouvèrent exactement au rendez-vous convenu, mais ils attendirent vainement leurs amis et associés. A mesure que le temps passait l'étonnement et l'inquiétude s'éveillaient en eux et une sourde irritation aussi grandissait entre les deux femmes. Lorsque onze heures sonnèrent ils partirent tous les trois pour retrouver leurs compagnons. Dans la voiture qui les emmenait pesait un lourd silence, chargé de rivalité, de colère et de reproches menaçants.

Dans les trois hôtels où ils se rendirent la réponse fut le même : « Parti sans laisser d'adresse ». Ce fut comme un écroulement.

Volés ! ils étaient volés ! et de la façon le plus enfantine !

Mme Pallien, furieuse, se retournait contre Jean, lui reprochant ardemment de l'avoir entraînée dans cette sotte escroquerie. Madeleine brusquement mise au courant de la visite de son amant, comprit soudain la vraie raison des complaisances de la vieille femme et lui reprocha amèrement d'avoir essayé de lui prendre l'homme à qui elle tenait plus qu'à quelques milliers de francs !... La querelle, les allusions blessantes, les injures s'échangèrent de part et d'autre et les deux rivales, peut-être, en fussent venues aux mains si Jean ne les avait entraînées porter plainte chez le commissaire.

Celui-ci les assura que des recherches minutieuses allaient tout de suite commencer, mais il ne dissimula pas que les plaintes étaient nombreuses au cours de chaque saison et qu'il était rare, hélas, que les escrocs fussent retrouvés !

Honteux, confus, navrés, furieux, Jean et Madeleine, le lendemain, reprenaient le train pour Paris. La leçon leur était dure.

XVII

On s'accoutume vite à jouir et à dépenser quand on attend d'une simple passation d'écritures une grosse fortune prochaine. Pendant les quelques mois qui suivirent Madeleine et Darnaillé oublièrent en spéculant leur cruelle mésaventure.

La Fortune était avec eux. Bien qu'avec des hauts et des bas, ils étaient plutôt en gain. Madeleine toutefois demeurait la plus prudente. A trois ou quatre reprises Darnaillé reçut avant tout le monde des informations de nature à influencer le marché. Ce fut Madeleine qui l'empêcha de profiter de toute sa chance en limitant par une crainte instinctive leur perte possible et par conséquent le bénéfice réalisable. Ce fut même parfois entre les futurs époux une cause de désaccord.

— Qui ne risque rien, n'a rien ! répétait toujours Darnaillé.

— Qui risque tout peut tout perdre, lui répondit Madeleine.

Aussi Jean prit-il peu à peu l'habitude d'augmenter le capital engagé et par conséquent les bénéfices possibles en faisant pour son compte et sans le dire, à Madeleine de petites opérations. Il avait la chance pour lui. Ses opérations réussirent en partie.

Malheureusement à mesure que le sort les favorisait, leurs dépenses augmentaient dans des proportions notables.

Lorsqu'en homme d'affaires sérieux Darnaillé proposa de faire au bout de dix mois, la balance générale de leurs dettes et de leur avoir, ils constatèrent qu'il leur fût resté exactement, s'ils n'avaient pas eu de dettes, une somme de quarante mille francs. Mais, comme la plupart de leurs fournisseurs n'avaient pas encore envoyé leurs mémoires définitifs ils se trouvaient en réalité à la tête d'un capital sensiblement plus élevé. Etant donné qu'ils avaient dépensé sans compter, ils n'avaient pas lieu de se plaindre.

Ils prirent cependant la résolution de réduire leurs dépenses dans la mesure du possible et Darnaillé fit promettre à Madeleine qu'elle se montrerait moins timide à la première occasion de faire des bénéfices sérieux. Celle-ci promit tout ce que Jean demanda. Mais elle ne put obtenir en retour qu'il fixât une date à leur mariage. D'un autre côté ils renoncèrent à poursuivre le procès contre l'agence qui avait frustré Madeleine du principal de sa succession. Ils ne le firent pas sans regret, mais de l'aveu même de leur avocat ils n'avaient aucune chance d'obtenir quoi que ce fût.

Ils abandonnèrent donc l'instance qu'ils avaient d'abord introduite.

XVIII

Les avertissements ne manquèrent pas à Madeleine. Toutes les honnêtes femmes s'éloignaient d'elle. Toutes les aventurières ou demi-mondaines la comblaient de cajôleries. Dans ce monde flottant qui fait illusion à tant de sots, la fortune qu'on lui attribuait, les premiers succès à la bourse dont elle se targuait hautement, lui donnait un air de supériorité.

Personne ne la respectait mais tout le monde l'adulait. Vous l'eussiez vue dans certains groupes d'une élégance trop tapageuse, une cote des valeurs à la main donner des conseils et des renseignements comme une Rothschild au petit pied. Elle avait fini par se prendre tout à fait au sérieux. Certes tels détails n'avaient pas laissé de la piquer au vif. Depuis que Darnaillé vivait avec elle, non seulement la bonne Mme Casimir ne lui avait plus donné le moindre signe de vie, mais Jeanne elle-même avait négligé de répondre à une lettre que Madeleine lui avait écrite. « Elle est sous l'influence de son mari », se disait Madeleine et celui-là me tient rancune des déceptions de son frère. Mais ce silence l'humilia. Elle ne pensait pas à Jeanne sans un peu de mélancolie. Et chaque fois qu'elle y pensait, l'image du jeune commis si ingénument épris qu'elle avait si cruellement bafoué s'imposait à son esprit.

Bien qu'elle fût toujours amoureuse de son amant elle ne pensait pas à l'autre sans une nuance de regret.

Elle sentait bien que ce quelque chose de sérieux, de sûr, d'intime et de profond qu'elle avait méprisé dans ce jeune homme timide manquerait toujours à ce brillant paradeur qui s'était emparé de sa vie.

C'est surtout aux heures où celui-ci l'inquiétait par son bavardage, sa prodigalité, et son inconcevable légèreté qu'elle songeait tristement au bon sens moins brillant, mais plus sûr qu'elle avait repoussé pour ainsi dire par jeu.

Car dans la vie dissipée des femmes comme Madeleine il y a des heures d'ennui et de découragement. A ces moments-là une sensation de vide et de solitude morale décourage même les plus jeunes.

Que de fois, tandis que Jean agiotait à son aise dans les groupes de boursiers, Madeleine sur son divan, essaya de prendre un livre pour tuer l'attente et l'insaisissable ennui !

C'est à ces minutes-là qu'une angoisse soudaine l'envahissait. Jean l'épouserait-il jamais ?

Elle sentait de moins en moins son désir d'arriver à cette solution. Chaque fois qu'elle revenait à la promesse qu'il lui avait faite, il équivoquait et se dérobait.

— Quand nous serons très riches, disait-il, la chose

ira de soi-même. Ne sommes-nous pas très heureux comme nous sommes? Si je t'épousais maintenant j'aurais l'air de ne t'épouser que pour tes cent mille francs. Tandis que lorsque j'aurai décuplé ton capital, il n'y a personne au monde qui pourra rien me reprocher.

Madeleine ne se rendait que malgré elle à ce raisonnement qui remettait le projet à une date lointaine.

Elle aurait voulu être mariée, ne fût-ce que pour se sentir un peu au-dessus, socialement, des femmes dont son amant avait fait ses amies. Elle souffrait aussi que les parents de Jean eussent rompu avec leur fils d'une manière si blessante pour celle qui avait l'ambition de devenir sa femme.

La Jaubertine! La Jaubertine! les soirs de fêtes — dans les soupers — ce nom tintinnabulait comme le cristal entrechoqué des coupes de champagne. Mais il avait des heures aussi où il résonnait tristement ce surnom de femme à la mode...

Comme elle sentait que Jeanne, bien que moins riche, était plus heureuse et plus respectée !

Ces heures d'abattement étaient suivies naturellement de réactions vigoureuses. Elle se rejetait dans les plaisirs et dans la fièvre des spéculations avec d'autant plus d'ardeur qu'elle s'était sentie un instant plus découragée. Elle avait fini par se persuader que l'or était tout. Être très riche, disait Darnaillé avoir gagné en peu de temps une fortune considérable, voilà qui aplanit tout. Nous ne serons vraiment heureux que lorsque la Bourse nous aura enrichis au vu et au su, et en dépit de tout le monde.

Il devenait en attendant de plus en plus nerveux. A plusieurs reprises il perdit cinq ou six mille francs. Madeleine le consolait et gardait bonne confiance. Elle jouait aussi pour son compte et n'était guère plus heureuse. Un jour, cependant, après une victoire des Anglais une hausse inopinée leur fit regagner presque cinq mille francs. Ce gain fut accueilli comme le retour définitif de la bonne fortune.

Jean venait de s'affilier à une agence occulte de renseignements, organisée à grands frais par un petit groupe de financiers intéressés plus spéciale- ment à connaître avant les autres les résultats de la guerre. Un journaliste anglais, attaché à l'état major des envahisseurs leur envoyait par langage convenu des nouvelles qui échappaient quelquefois à la cen- sure britannique.

Depuis qu'il faisait partie de cette organisation, Jean, averti par ses déceptions, s'était montré d'une prudence parfaite. Quatre fois il eut connaissance avant le reste des habitués de la bourse des succès partiels qui marquèrent la fin de la campagne et quatre fois, n'osant se fier à ces précieuses dépêches, il laissa à ses coassociés le bénéfice de leur opéra- tions. Mais un matin une dépêche de style convenu arriva au bureau commun annonçant comme immi- nente la signature du traité de paix. Les journaux ne savaient encore rien de sûr sur cet événement. Ils en parlaient avec scepticisme. L'opinion publique, très favorable aux Burghers ne voulait pas croire au succès définitif des anglais. Le marché des valeurs sud-africaines était des plus incertains. Les associés de Jean achetèrent des valeurs et lui proposèrent en vain de profiter de l'avantage.

Mais le surlendemain de la première information une nouvelle dépêche arriva — nette, catégorique sans aucune restriction : elle ne contenait que le mot « bonjour » qui signifiait : «La paix est signée ».

Alors une fièvre emporta les associés de Jean et celui-ci se laissa séduire. Il n'y avait pas une heure à perdre. Il s'agissait de constituer immédiatement un syndicat à la hausse, d'accaparer sur le marché le plus d'actions possible, et d'attendre avec la certitude du succès la hausse que provoquerait fatalement, nécessairement, mathématiquement la nouvelle de la paix quand elle serait rendue officielle par le War-Office.

Le syndicat réunit en un instant la somme nécessaire pour le dépôt de la couverture. Jean s'engagea pour une part de quarante mille francs. Et à peine eut-il donné sa signature qu'il courut retrouver Madeleine pour lui annoncer que leur fortune était faite. Il était comme ivre de joie, son bonheur, son exubérance, sa certitude du succès eurent vite fait de convaincre l'impressionnable jeune femme. Cette fois le coup était si certain — si évident — si mathé-

matiquement sûr que le doute n'était plus possible.
Ils sortirent tous les deux en proie à une fièvre ar-
dente, — ils coururent au Crédit Lyonnais, vidèrent
la petite case en fer — et se précipitèrent au bureau
commun pour apporter leur part. Comme il man-
quait quelques centaines de francs sur la somme
qu'il avait annoncée, Jean fit des billets pour le reste.
Il était dans une de ces heures d'exaltation que con-
naissent bien les joueurs et où la certitude du succès
ferait engager au jeu jusqu'à sa propre vie.

Pendant le reste de la journée aucune mauvaise
nouvelle ne parvint aux associés. La proclamation de
la paix paraissait devoir être faite vers la fin de
l'après-midi par une dépêche affichée à la porte du
War-Office, les journaux du soir la crieraient dans
tout Paris deux ou trois heures après, il ne restait
plus qu'à attendre. Or, le lendemain, malgré la di-
vulgation officielle du traité de paix, dès l'ouverture
de la séance, les mines d'or baissèrent d'une manière
très sensible. Etait-ce à cause des gros achats faits
en sous-main par les personnes informées ? était-ce
parce que les cours, n'ayant été longtemps maintenus que par l'effort gigantesque des plus puissants
financiers anglais, reprenaient enfin leur niveau
normal ? Est-ce parce que les détenteurs de titres se
rendaient compte qu'une fois la paix signée l'ère des
difficultés réelles et pratiques commençait pour les
propriétaires des gisements dont les installations
étaient dans un état lamentable, qui pourra dire

jamais les raisons de ces fluctuations ? Jean et Madeleine, immobiles tous deux, et essayant, mais en
vain, de paraître beaux joueurs, appuyés contre la
grille qui entoure le monument, écoutaient, livides
et fiévreux, l'écho tumultueux des cotes, les conversations, les offres de vente et des discussions contradictoires. Les mines d'or baissaient d'un mouvement
lent et continu. C'était comme une détente sur tout
le marché. Il semblait que la conclusion de la paix
était un dénoûment trop longtemps désiré mais qui
venait à son heure. Les affaires allaient enfin reprendre leur cours normal. Les grands efforts pour
éviter la débâcle devenaient inutiles. Il n'y avait
plus de panique à craindre. On pouvait laisser tomber les cours.

Et il n'y eût pas même une minute de fièvre au début ni au cours de cette vacation. La surprise, l'agi-
tation, la reprise brusque de confiance, la foulée en
avant que le syndicat avait escomptée ne se produi-
sirent en aucune façon. Il n'y eût pas un seul mouvement. La baisse se fit sans aveugle précipitation,
sans heurt, sans à coups. Ce fut comme une pendule
qui, après des oscillations nombreuses reprendrait
mathématiquement avec la position verticale son
équilibre normal. Jean et Madeleine, le visage con-
tracté assistaient à l'écroulement de leur rêve.
Quand ils s'éloignèrent du péristyle ils ne possé-
daient plus rien.

XIX

Les mauvaises nouvelles se répandent vite. Des amies de Madeleine vinrent lui faire visite pour lui apporter les fausses consolations que les femmes savent si perfidement se donner avec une feinte compassion, mais elle refusa de les recevoir. Elle passait son temps à pleurer, seule le plus souvent, pendant que Jean battait le pavé de Paris pour tâcher de trouver l'argent nécessaire au maintien provisoire de leur situation. A midi et le soir quand il rentrait il racontait à Madeleine ses démarches, ses espérances, ses déceptions. A son grand étonnement la nouvelle de sa dernière spéculation lui avait coupé partout le peu de crédit que sa jactance et l'héritage de Jaubert lui avaient fait sur la place.

Quelque proposition qu'il fît, il trouvait un accueil glacial. Ses anciens amis l'évitaient. La ruine était complète. Mais si le monde des affaires se fermait ainsi devant lui, il ne perdait pas encore entièrement confiance. Si désespérée que parût leur situation il était comme tous les joueurs qui attendent toujours d'un hasard heureux de quoi remettre sur le tapis un petit enjeu. Que quelqu'un lui prêtât cinq ou six

mille francs et il se faisait fort de violer la Fortune. Est-ce qu'un homme de sa trempe pouvait être abattu par un seul coup malchanceux ? Y en avait-il un seul parmi tant de spéculateurs enrichis qui eût mis de son côté autant de prudence, d'adresse et de précautions ? Que pouvait prouver dans ces conditions une malchance aussi injustifiée ? Ah ! il n'était pas encore un vaincu ! il saurait bien, coûte que coûte, retrouver un capital !...

Il s'arrêta, le regard un peu perdu comme s'il suivait en imagination une chance de salut qu'il ne disait pas...

Madeleine l'écoutait, muette, désespérée. Et au moment où il s'arrêta, par je ne sais quelle insaisissable télépathie, elle devina la pensée de son amant, *et compléta* dans son propre cerveau la phrase que celui-ci avait interrompue, retenue pour ainsi dire au moment où elle allait s'échapper hors de ses lèvres.

Ils se regardèrent tous les deux.

— Tu ne vas pas demander de l'argent à cette Madame Pallien ?

Jean se sentit deviné. Une rougeur légère lui colora les pommettes. Mais il se reprit tout de suite :

— Non, non, certainement non... Bien que tu aies tort de croire à des choses qui n'existent pas...

— Je ne veux pas, je ne veux pas ! s'écria Madeleine avec exaltation. Ah ! non ! Je t'en prie, tout, excepté cela... La Pallien ! La Pallien !

Elle s'était dressée, furieuse, et il fut incertain un moment si elle allait éclater en reproches ou en sanglots.

Mais son amour fut le plus fort. Elle se jeta au cou de Jean, le couvrit en même temps de larmes et de caresses et toute frémissante d'une émotion indicible.

— Tu sais bien qu'elle te veut et que nous nous détestons. C'est la seule dont je me sois jamais sentie jalouse! rappelle-toi ses mauvais regards lorsqu'elle te voyait à mon bras et le jour où je lui ai dit de ne plus nous obséder, tu te souviens de son ricanement en nous regardant tous deux: «Je vous le prendrai, la Jaubertine.» Ah! la mauvaise femme, l'abominable créature! mais elle ne t'aime pas, mon petit Jean, c'est par envie et par haine qu'elle t'a fait tant d'avances; elle est vieille, il n'est pas possible que ses perles et ses brillants puissent te faire illusion!... C'est la dernière des dernières... Elle te guette comme une proie... Ah pas cela! pas cela! jure moi, Jean, pas cela!

Elle s'était jetée, sanglotant, sur la poitrine du jeune homme, elle le serrait à l'étouffer, ses yeux étaient égarés. On eût dit qu'elle avait déjà l'horrible vision de l'amant toujours bien-aimé entre les bras de cette vieille femme.

Jean l'apaisa peu à peu par des baisers et des promesses.

Il fit semblant de sourire de ses terreurs exagé-

rées — il lui jura une fois de plus de ne la quitter
jamais...

Mais, quand il la vit redevenue calme — il recom-
mença à énumérer, en hochant la tête, les rares
chances de salut qu'il entrevoyait encore...

— Est-il encore venu des notes, ce matin ?

Elles pleuvaient sans discontinuer. Déjà Madeleine
renonçant à recevoir les créanciers qui venaient
eux-mêmes présenter leurs mémoires leur avait
fermé la porte. Mais les lettres devenaient pressantes — quelques-unes presque insolentes — le marchand de meubles, plus arrogant que les autres, me-
naçait d'un huissier.

— Que faire ? répétait Jean. Et Madeleine sentait
que lui revenait à l'esprit, inéluctable et obstinée,
l'idée du recours à la Pallien.

— Non ! non ! reprit-elle avec force ! j'aimerais
encore mieux aller faire une démarche auprès de ce
vieil homme qui m'a tant obsédée... Tu te souviens...
il me jurait à chaque instant qu'il n'avait pour moi
qu'un amour de père.

— Le comte Sauvenière ?... Crois-tu qu'il te prê-
terait ?

Jean avait dit cela du ton le plus naturel. Il était
visible que cette démarche auprès d'un homme très
riche et très débauché n'éveillait en lui aucune gêne
ni réprobation.

Madeleine le regarda un moment avec stupeur.

Elle avait peur de comprendre.

— Tu me permets d'y aller ?

— Evidemment, répondit l'autre, puisque tu ne lui accorderas rien...

Madeleine respira. Mais elle eut l'impression que Jean n'avait ajouté la fin de cette phrase que pour pallier son indifférence. Elle comprit qu'il n'eût pas protesté davantage, si elle lui eut déclaré que le comte Sauvenière mettait à son prêt d'argent la condition ordinaire.

Ce lui fut un coup au cœur. Chaque jour elle sentait son Jean lui échapper. Même quand elle était riche elle ne le sentait pas entièrement à elle. Depuis qu'elle était redevenue pauvre, elle le sentait si loin... Comme elle souffrait !

Mais Jean la cajôla à nouveau et l'apaisa.

— Je t'aime, lui disait-il, je t'aimerai toujours... Mais allons-nous être vendus dans quelques jours à notre porte ? Sachons faire des sacrifices, l'avenir les compensera !|

Elle se laissa convaincre. Elle écrivit à Sauvenière.

Et la réponse, le lendemain, arriva un peu avant la première sommation par ministère d'huissier. Elle contenait une invitation pour dîner au restaurant le lendemain à huit heures.

— C'est peut-être le salut — dit Jean en lisant la lettre.

— C'est peut-être le désespoir — lui répondit Madeleine.

XX

Le comte Sauvenière était un vieillard très mince et très droit, remarquablement élégant et, disait-on, d'une grande générosité.

Il reçut Madeleine avec les plus grands égards dans l'un des salons d'un restaurant du Boulevard. Un maître d'hôtel les conduisit au premier étage puis s'effaça discrètement.

La table était somptueusement servie dans un cabinet spacieux dont la fenêtre donnait sur la place de la Madeleine. Le comte était en habit, la jeune femme était en toilette claire. Ils n'échangèrent d'abord que les propos les plus anodins. Le repas commença, un peu grave, un peu cérémonieux, aussi loin que possible de la gaîté tapageuse ou de la licence si ordinaire aux dîners en cabinet particulier. Madeleine pensait à ses inquiétudes, à ses craintes, à la façon dont elle demanderait le prêt sur lequel reposaient ses dernières espérances, à l'accueil qu'elle recevrait, à la façon dont elle ajournerait ou découragerait des sollicitations trop pressantes. Et elle se leurrait de la possibilité de rester fidèle à son Jean, de même qu'elle voulait se persuader qu'il lui resterait fidèle... Toutes ces préoccupations donnaient à son amabilité un je ne sais quoi de soucieux qui n'échappait pas au comte Sauvenière.

Celui-ci avait trop la connaissance des femmes et des choses de la vie pour ne pas deviner ce qui s'agitait dans l'esprit de Madeleine. Il l'observait d'un œil perspicace et malicieux, on eût dit parfois qu'il l'écoutait penser, un sourire imperceptible errait autour de ses lèvres. Comment n'eût-il pas deviné les raisons qui avaient brusquement déterminé la jeune femme à lui écrire après lui avoir opposé si longtemps une froideur pleine de réserve ? Il n'ignorait, ni la transaction qui avait enlevé aux amants la plus grande partie de l'héritage paternel, ni leur prodigalité depuis qu'ils vivaient ensemble, ni le résultat désastreux de leurs opérations à la Bourse. Il devinait donc nettement que le besoin d'argent lui procurait seul cette bonne fortune et comme il était accoutumé qu'il en fût ainsi il ne se pressait pas de montrer à Madeleine qu'il était sans illusion. Non sans délicatesse, au contraire, il se montrait avec elle d'autant plus correct qu'il la sentait plus entièrement à sa merci. Vers la fin du repas, Madeleine choisit un tournant de la conversation pour dire le but de sa démarche en profitant d'une parenthèse sur les difficultés d'argent. Mais le comte voyant sa gêne lui évita toute explication.

— Je sais mieux que personne lui dit-il avec un sourire, combien, dans les affaires, on peut-être gêné momentanément. J'ai eu moi-même quand j'étais jeune de ces minutes difficiles. Mais j'ai trouvé des amis pour me rendre service et je suis heureux de rendre la pareille à ceux à qui je m'intéresse...

Un sourire de gratitude infinie le récompensa de sa délicatesse. Madeleine lui mit sur la main sa fine main toute blanche et nerveuse.

— Vous serez mon ami ! lui dit-elle avec une jolie inflexion de la tête, du col et du buste penchés de son côté avec une grâce charmante.

— Je serai votre ami, répondit lentement Sauvenière et vous pouvez compter sur moi...

Qu'entendait-il par ces paroles ? Madeleine sentait bien qu'elles impliquaient de sa part un consentement qu'elle ne pouvait pas, qu'elle ne voulait pas lui donner.

Mais elle était si heureuse d'avoir obtenu sans coup férir une promesse si formelle que la ruse qui sommeille dans l'âme de toutes les femmes l'empêcha de protester immédiatement, comme elle aurait dû le faire, contre le malentendu qu'elle sentait bien se former entre eux.

— Que j'obtienne seulement un prêt de quelques mille francs, se disait-elle pour s'excuser et quand Jean, avec ce nouveau capital, aura rétabli nos affaires je rendrai au comte l'argent qu'il m'aura prêté sans qu'il puisse me faire aucun reproche d'avoir trompé ses désirs. Cette combinaison en la rassurant à demi diminuait un peu sa gêne. Elle pensait cependant : que fait Jean en ce moment ? et de sombres pressentiments ne cessaient de l'attrister.

Le comte Sauvenière se montrait envers elle plus pressant, plus doux et plus tendre. Comme Madeleine était décidée à ne pas être sa maîtresse elle n'avait aucune crainte sur le dénouement possible. Elle lui laissait donc volontiers prendre en guise de remerciement anticipé quelques légères privautés. C'était tantôt un échange de coupes, tantôt un baiser brûlant sur la nuque, tantôt un frôlement très doux dans les cheveux.

L'intimité grandissait entre eux, Sauvenière savourait d'avance son plaisir prochain.

Au café, comme il faisait très chaud, Madeleine ouvrit la fenêtre et s'accouda sur la barre d'appui. Sauvenière demeurait, une cigarette à la bouche, dans l'embrasure de la fenêtre. Tous deux regardaient les passants et les voitures découvertes. La soirée était charmante. Une brise tiède leur frôlait le visage. Le ciel limpide scintillait au-dessus d'eux. Tout à coup Madeleine devint très pâle et serra convulsivement la barre qui lui servait d'appui. Elle se pencha brusquement vers la rue Royale et Sauvenière suivant la direction de son regard aperçut dans une victoria, au pas, derrière un enchevêtrement de voitures, une dame déjà vieille mais en toilette brillante tenant sur ses genoux un petit carlin à longs poils et ayant à ses côtés un jeune homme qu'il reconnut tout de suite pour être Jean Darnaillé.

— Oh! oh! s'écria Madeleine devenue brusquement livide.

Elle voulait crier. Sa gorge n'émettait qu'un son vague et inarticulé. Elle voulait faire un geste. Sa main se refusait à lui obéir. Et la victoria qui venait des grands Boulevards se perdit parmi les autres dans la direction des Champs-Elysées.

— Calmez-vous, calmez-vous, dit doucement Sauvenière la voyant toute bouleversée.

Mais une crise de larmes abattit Madeleine sur le canapé. Elle pleurait, toute secouée de longs spasmes saccadés.

— C'est fini, c'est fini, s'écriait-elle en sanglotant, la Pallien me l'a pris.

Sauvenière referma la fenêtre et la première crise passée, commença à la consoler.

— Si vous perdez un ami, lui disait-il doucement est-ce que vous n'en retrouvez pas un autre qui le vaille bien? Il la prit entre ses bras, la délaça, la cajôla, la berça, la couvrit de longs baisers. Madeleine n'opposait aucune résistance. Elle était devenue muette, inerte, pareille à un corps sans âme. Ce fut presque un cadavre que Sauvenière posséda. Et lorsque Madeleine s'en retourna chez elle, serrant machinalement dans la main un petit portefeuille que le comte lui avait glissé en la mettant en voiture, elle se rendait à peine compte du chemin qu'elle suivait.

Elle rentra chez elle comme une somnambule, ouvrit la porte, rentra, et attendit le retour de Jean.

Mais une heure, deux heures, quatre heures, se passèrent dans une attente inutile. Toute grelottante de fièvre, blottie dans le lit trop grand, les yeux fixés, cernés de noir, les deux mains crispées se joignant sur la poitrine elle méditait, sinistre et tragique.

— Comme le rêve avait été court ! elle sentait bien maintenant que Jean ne reviendrait plus, ou que, s'il revenait, ce serait comme on revient à un caprice sans importance.... Et il n'y avait pas un an qu'elle avait été comme ivre de joie à la pensée qu'elle était riche, qu'elle avait un mari et que son rêve, si dédaigneux pour ses petites camarades, était enfin réalisé. Ah ! comme la Fortune avait eu vite fait d'accomplir son fantastique tour de cercle et comme elle s'était vite retrouvée plus bas qu'elle n'avait jamais été !

Sous les chimères et les illusions elle apercevait maintenant l'affreuse réalité. Elle était déjà « l'ancienne maîtresse de Darnaillé », elle serait d'ici peu, « l'ancienne maîtresse de Sauvenière » et d'ici peu fatalement, elle passerait en d'autres bras. De chute en chute, d'homme en homme, elle glisserait tout doucement au sort des femmes qui fréquentent les Folies-Bergères, le Palais de Glace ou le Casino de Paris. Ah l'affreuse réalité !

Par une opposition de pensée bien naturelle en ce moment tragique, elle se reportait en esprit au foyer familial de Jeanne et de son mari. Une amie commune, rencontrée par hasard, lui avait dit un jour

combien prospéraient les affaires de sa sœur adoptive et combien elle était heureuse. Les deux époux
attendaient avec joie la naissance d'un bébé. Quel
effroyable contraste !

Madeleine n'avait même pas la consolation de pouvoir se dire qu'elle ne méritait pas son sort. Plus
forte que sa rancœur, sa conscience lui disait ses
torts. Elle se rappelait en cette nuit sinistre le peu
d'affection qu'elle avait toujours témoignée à l'excel-
lente femme qui l'avait élevée, et combien, même petite fille, elle s'était toujours montrée rétive et peu
affectueuse. Où l'avait menée sa chimère de grande
fortune sans travail ! Autant Jeanne avait été laborieuse, docile, modeste et honnête autant elle avait
été capricieuse, insubordonnée, vaniteuse et sans
aucun scrupule moral.

Etant donnés leurs caractères respectifs il avait
été aussi logique pour Jeanne de choisir comme
amoureux un brave garçon laborieux qu'il avait été
inéluctable pour Madeleine de se jeter dans les bras
du premier paradeur venu. Ah ! comme elle avait eu
tort de s'enorgueillir si souvent d'un esprit plus
agile et d'une imagination plus brillante que celle
de Jeanne ; dons funestes quand ils ne sont point
maintenus par un solide bon sens !

Continuant dans cette insomnie douloureuse à re-
passer en esprit toute sa vie, elle se rappelait tous
les mensonges qu'elle avait contés à la bonne mère
Casimir et l'ingratitude qu'elle lui avait montrée dès

qu'on lui eût fait connaître le fatal héritage qui l'avait perdue définitivement.

— Mon Dieu ! Mon Dieu ! sanglotait-elle, je n'ai que ce que je mérite !

Le souvenir du jeune beau-frère si tendre, si réservé et avec qui probablement elle eût connu un bonheur durable lui rendait plus intolérable son abandon actuel. Comme elle l'avait fait souffrir par cruauté inutile, ce malheureux amoureux !

Elle expiait maintenant.

Tout contribuait à aviver ses remords, cet héritage lourd de crimes, pourquoi l'avait-elle accepté ? « Argent volé ne profite pas ». On eût dit que toute la haine et toutes les exécrations des familles ruinées, détroussées par un forban de grande allure, lui avaient jeté un sort.

Et il était trop tard maintenant pour essayer de réagir. Elle était devenue une fille à la mode. Il ne lui restait de possible que la résignation. Et comme elle était à bout de larmes, Madeleine s'assoupit, plus seule, plus triste, plus abandonnée, plus désespérée que ne fut jamais créature humaine...

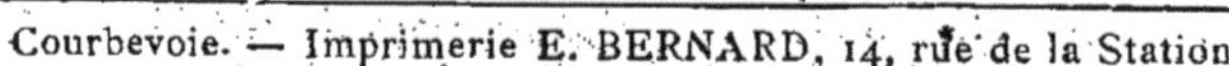

Courbevoie. — Imprimerie E. BERNARD, 14, rue de la Station